Jeffs Retro-Filmreise in die Zukunft

Jeff Parc

Jeffs *Retro-Filmreise in die Zukunft*

Ein Spiel mit dem Feuer

Bibliographische Information der Deutschen Nationalbibliothek: Die Deutsche Nationalbibliothek verzeichnet
diese Publikation in der Deutschen Nationalbibliogra-
phie; detaillierte bibliographische Daten sind im Internet über dnb.dnb.de abrufbar

Bildnachweise - Quellenverzeichnis

Herstellung und Verlag: BoD – Books on Demand,
Norderstedt

ISBN: 978-3-7562-2963-5

Inhaltsverzeichnis

Prolog

Vom Winde verweht

Normalerweise spricht man in meinem Beruf von THEATER- und FILM-KARRIEREN: Mit Recht!

Denn auch ich liebte schon seit meinen jungen Jahren sowohl das Theater als auch den Film, – ja ich kann mit voller Berechtigung sagen: Wenn die Woche sieben Tage hatte, saß ich fünf davon im Theater!

Ähnliche Zeit forderte etwas später der Film von mir.

Trotz all dieser Verzauberungen stellte sich mir eine entscheidende Frage in den Weg, deren Beantwortung mein weiteres Leben dramatisch bestimmen sollte:

Folge ich den Verlockungen meines Traumberufes und unterwerfe ich mich mit Haut und Haaren den Zwängen einer Filmschauspieler-Karriere?

Ich kann es nicht genau erklären, denke aber, dass es meine Mentalität war, die mir riet, mich auf keinen Fall *mit meinem ganzen Ich* weder auf das Theater noch auf die Filmschauspielerei zu stürzen.

Denn unabhängig davon hatte ich Wünsche, Zeit zu haben, um auch andere Kunstbereiche wie zum Beispiel das Drehbuch schreiben, die Suche nach tollen Kinderfilmen und auch die Entwicklung von Spieleshows fürs Fernsehen in Angriff zu nehmen.

Dass meine Gedankenspiele, sich nicht nur auf eine Kunstrichtung zu stürzen, nicht aus der Luft gegriffen waren, erlebte ich auf all meinen kreativen Wegen und überraschend früh während meines allerersten Engagements als professioneller Schauspieler in einer landesweit beliebten TV-Krimiserie mit dem Titel „Ein Fall für zwei".

Es war eine kleine Rolle, in der ich als *Staatsbeamter mit Mütze* auf meinem Schauspielerkopf dem Star dieser Episode, *Hansjörg Felmy*, hinterher hetzte, um ihn zeitnah verhören zu können.

Auf was ich als unerfahrener Fernsehschauspieler dabei nicht achtete, waren die Winde, die meiner Mütze unverfroren drohten, sie als quasi kleine Slapstick-Nummer innerhalb meiner Spielszene davonfliegen zu lassen.

In dieser tausendstel Sekunde sah ich meine ja erst beginnende TV-Karriere derart bedroht, sodass ich ohne Rücksicht auf Verluste mein japanisches *„Jiu-Jitsu"-Selbstverteidigungssystem* vor aller Augen in Szene setzte und mit meiner rechten Hand diese renitente Mütze mit einem anregenden Klaps wieder dorthin transportierte, wo sie hingehörte: perfekt sitzend auf des Schauspielers Kopf!

Damit war das Problem aber noch lange nicht gelöst, denn wie aus dem nichts erschien plötzlich die junge Regieassistentin neben mir, um mich zu ihrem Chef, dem Regisseur, zu bitten.

Dort angekommen erklärte mir der bestimmt sehr erfahrene Krimiregisseur auf dramatische Art und Weise, *dass wir hier einen Krimi drehten ...*

Auf meine coole Entgegnung wiederholte unser Regisseur seinen ersten Satz, *„dass wir hier einen Krimi drehten ...!"*

Wiederholt ein erfahrener Regisseur einen Satz binnen Sekunden, musste auch ich begreifen, dass zumindest an diesem Drehort „die Natürlichkeit *meiner* Schauspielkunst" fehl am Platze war.

Was also lernte ich aus meiner TV-Premiere?

Nun, sollten weitere Fernsehrollen auf mich zurollen, werde ich abchecken, was sich beide Seiten – Regie und Darsteller – zu sagen haben.

Ist ein solches Prozedere nur Stars vorbehalten, erledigt sich das Problem von selbst und ich ziehe weiter in Richtung großer Leinwand: dem *Kinofilm* – mit all seinen mysteriösen Risiken!

Die Filmschauspielerei ...

... ist eine sehr schöne, aber gleichzeitig auch äußerst gefährliche Beschäftigung.

Alles beginnt mit dem Moment der Wahrheit: Ruft der Regisseur „Action!", sind wir allein, obwohl die gesamte Filmcrew uns an die Hand nimmt, um gemeinsam all die verhexten Traumlandschaften besuchen zu können, die nur wir Märchen-Erzähler aus ihrem Dornröschenschlaf wachrütteln dürfen.

Seid uns stets wohlgesonnen und helft auch dann, sollte sich wider Erwarten eine oder einer von uns irgendwo im Schauspieler-Irrgarten verfangen.

Und bitte, teilt uns vor Drehbeginn all eure Visionen mit, damit wir von einem bestimmten Zeitpunkt an selbstständig die Verantwortung für die von uns dargestellte Figur übernehmen können.

Dass darüber hinaus die Filmerei eine *Wundertüte* der ganz besonderen Art sein kann, davon kann ich ein Lied singen.

Zum Filme gucken kam ich durch meinen besten Freund Marvin, dessen Vater Beleuchter beim Fernsehen war.

Marvin interessierte sich primär für Abenteuerfilme, dicht gefolgt von französischen und amerikanischen Krimis, die er sich, wie er mir oft erzählte, in den immer knallvollen Nachtvorstellungen der angesagten Filmkunstkinos anschaute.

Hattest du dir da keine Karten im Vorverkauf besorgt, traf man leicht auf Menschenschlangen von 100 bis 200 Meter, die alle noch frohen Mutes waren, eine Kinokarte erwischen zu können.

Marvin war klug und ich bestimmt zwei Stunden lang gefangen von einem faszinierenden französischen Krimi, der meiner Meinung nach überhaupt nichts mit der Realität von Polizisten und Gangstern zu tun hatte.

Diese Story war für mich rein imaginär, ohne jedweden Bezug zur oft mehr als langweiligen Polizeiarbeit und deren Pendant, dem Gangsterleben!

Ab dieser für mich allerersten Filmnacht überhaupt, hatte ich eine Leidenschaft mehr, die mein Herz bewegte.

Augenblicklich gab es für mich nur noch ein herbeigesehntes Ziel: so schnell wie möglich meinen eigenen Schülerkrimi in die Welt zu setzen. Was dabei herauskam, war ein für schulische Verhältnisse fantastischer, 29-minütiger Krimi mit einem überragenden Titel: „Das Brünette Gift".

Dieses Gift verkörperte eine junge Italienerin namens Mathilda, die zwei coole, eng befreundete Typen – Carlo und Jeff – zu erbitterten Rivalen degradierte.

Die von allen an unserer Schule herbeigesehnte Filmpremiere löste einen derart irren Hype aus, der alles in den Schatten stellte, was der Schülerschaft bisher an Events offeriert worden war.

Ich stellte während all dieser vielen Monate ein seltenes und kaum für möglich gehaltenes Phänomen fest: eine jahrelang erfolglose Schülerfilmklasse schaffte es mit nur einem Neuzugang namens Jeff einen Film zu drehen, der wenig kostete und trotzdem die Schulaulen füllte.

Solche Filmwunder wünsche ich mir heute sehnlichst wieder herbei: Themen dafür gibt es wie Sand am Meer, nur wo sind die jungen Filmer, die es anpacken?

Wir Protagonisten mutierten zu kleinen Helden, wobei alle Mathilda als unseren wahren Star sahen.

Um beim Film auch nur eine einzige Hauptrolle zu ergattern, sei es nun in einem Schülerfilm wie dem unsrigen oder bei den Profis, reicht es nicht, ein Talent oder sogar ein Könner zu sein und zudem vielleicht auch noch passabel auszusehen, nein: Wenn sich dazu nicht der Zufall und das Glück gesellen, kann es nichts mit den ersehnten Hauptrollen werden.

Mathilda war zufällig da, intelligent und ein Naturtalent mit einem Look, der unseren Schülerkrimi noch mal auf eine andere Ebene transportierte.

In den Schulen war ich anfangs ganz ordentlich dabei, dann aber immer nachlässiger, sodass ich einige Male gezwungen war, diese zu wechseln.

Der Grund meiner schulischen Schwächen war nirgendwo anders zu finden als in den Nachtvorstellungen der Filmkunstkinos meiner Stadt.

Ich erinnere mich noch haargenau, dass dort ein derart buntes Volk versammelt war, das ich später nur noch während der sogenannten Hippie-Jahre erlebte.

In diesen ungezählten Nachtstunden entdeckte ich, dass ich wenigstens einmal in meinem Leben einen Filmhelden spielen wollte, dessen Geschichte ich schreiben würde und der von der Kinoleinwand herunter seine Zuschauer elektrisieren und begeistern würde.

Dieser Film müsste kein nationaler Erfolg werden: Er sollte aber ein Publikum erreichen, dem meine Art zu schreiben und zu spielen gefällt.

Wenn ich das hinbekommen würde, hätte ich meine Mission erfüllt.

Nach jeweils zwei Schauspielschuljahren in Frankfurt am Main und Amsterdam erlebte ich einen Tag, der mich um Jahre in meiner Schauspielerei zurückwarf und dem ich diese geheimnisvolle Headline widme:

Nur die Sonne war Zeuge ...

meines verheerenden Autounfalls an einem Sommermorgen, der nicht hätte verheißungsvoller beginnen können:

Ich saß in meinem Citroën 2 CV, der Ente, wie man dieses Wägelchen liebevoll nannte, hatte meine italienische, hellblaue Leinenhose zusammen mit meinem schwarzen kurzärmligen Standardsommerhemd an und wollte gerade nach links abbiegen, als mich ein einziger scharfer Sonnenstrahl der noch tief stehenden Sonne derart blendete, dass ich die Kontrolle über mein Gefährt komplett verlor – und ohne Gegenwehr mitten in einen am Rande der Straße stehenden Lichtmast fuhr.

Die windschlüpfrige „Ente". *(Bild: pixabay.com)*

Manche steigen nach so einer Karambolage unversehrt aus ihrem Auto – sitzt man aber in einer „Ente", sieht der Fall schon ganz anders aus. Ich verließ die Ente blutend, betastete mein Gesicht vorsichtig mit beiden Händen und merkte, dass zumindest mit meinem linken Auge und einigen Zähnen etwas nicht mehr in Ordnung war.

Herbeigeeilte Anwohner und Passanten stützten mich, um mit mir eine zum Glück in der Nähe befindliche Arztpraxis anzusteuern. Dort begrüßte mich ein freundlicher Mediziner, der sowohl mein Auge als auch all die anderen Gesichtsverletzungen unaufgeregt behandelte. Dann ließ er mich zur weiteren Versorgung in ein Hospital fahren.

Als die dortigen Ärzte hörten, ich sei Schauspieler, erkannte mein rechtes, noch funktionierendes Auge die mitfühlende Mimik des behandelnden Arztes, was wohl so viel bedeutete, dass mich auf Jahre hinaus kein Mensch weder auf einer Theaterbühne noch in einem das breite Publikum erfreuenden Film würde anschauen können.

Dieser eine ultrahelle Sonnenstrahl warf meine Planungen total über den Haufen, was exakt bedeutete, dass ich kostbare Jahre verlor, ehe ich mich wieder aufrichtete, um Vorsprechtermine mit Theatern zu vereinbaren. Noch heute frage ich mich, war es Zufall, Schicksal oder Glück, dass meine Theaterzeit ähnlich *unüblich* begann, wie sich meine kompletten Filmjahre entwickelten ...

Nach einer mehrwöchigen Vorsprechrundreise an mehr als einem Dutzend Theater in der Schweiz,

Österreich und Deutschland war mein Briefkasten Ziel der ersten freundlichen Absagen. Das störte mich nicht weiter, da ich wusste, dass einige der später besten Theaterstars an keiner Schauspielschule angenommen worden waren – und hatten sie dann mal ein Theater-Engagement, scheiterten sie auch dort kläglich.

Also doch! Es scheint wahr zu sein, dass man sowohl die Welt des Theaters als auch die des Films mit exzentrischen Wundertüten vergleichen kann, deren Inhalte oftmals nur schwer zu durchschauen sind.

Auffallend anders sieht es aus, wenn ich mir meine ganz persönliche Wundertüte betrachte – da ist über Jahre hinweg alles gleichgeblieben, nämlich so, wie sie schon immer gewesen war: wunderschön!

Meine ganz persönliche bunte Wundertüte. *(Fotoarchiv)*

PS: Mein linkes Unfall-Auge bereitet mir auch heute noch Probleme.

„Das Brünette Gift" begeistert Schüler

Christine, der Star in *Das Brünette Gift"*.
(Bild: unspash.com)

Mathilda, eine italienische Studentin, spielt in unserem Schülerkrimi *„Das Brünette Gift"* die Rolle der *Christine*, die unserem Kurzfilm-Krimi seine besondere Anziehungskraft verleiht.

Sie ist das begehrenswerte, tödliche Zentrum des Films.

„Das Brünette Gift" war mein einzig gelungener Schülerfilm und *„Der Fall Boran"* der Film, von dem

ich mehr oder weniger seit meinen mitternächtlichen Kinobesuchen in all den verräucherten Programmkinos träumte!

Ich weiß gar nicht mehr, wie oft ich es während meiner Schulzeit versucht hatte, einen Kurzfilm über unsere Nachkriegsjahre auf die Beine zu stellen. Leider ohne Erfolg.

Aber fangen wir von vorne an:

Als ich mit der größtmöglichen Schülerschande konfrontiert wurde, mein Gymnasiastenleben für immer verlassen zu müssen, schwanden all meine Hoffnungen noch irgendwo sonst während meiner Restschülerzeit eine Chance zu bekommen, mir meinen Schüler-Filmwunsch doch noch erfüllen zu dürfen.

Von der Welt dort, wohin man mich schickte, hatte ich noch nie was gehört, da alle aus meiner großen Familie Abitur machten und studierten – ich war wohl der Erste, der dies nicht schaffte, obwohl ich, wie man mir bescheinigte, das alles hätte auch ganz easy schaffen können.

Nicht umsonst war ich lange der Beste in Latein und Geschichte und der schlechteste in Mathe, Physik, Ordnung und noch einigen anderen Fächern.

Okay, es konnte mir keiner mehr helfen, die Entscheidung war gefallen und ich musste mich in der Fremde einer sogenannten Mittelschule anschließen und meine zwei letzten Schuljahre bis hin zu einem Abschluss der Mittelmäßigkeit durchhalten.

Nervöse Zuckungen irritierten mein Gehirn mit der Frage: „Was soll ich denn in einer Schule, wo es weder ein oben noch ein unten gibt, sondern nur eine Mitte? Dort kann ich meine Filmverrücktheit bestimmt weder ausleben noch irgendwann einmal in meinen letzten zwei Schuljahren in einen umjubelten Schülerfilm verwandeln."

Erfreulicherweise gehörten meine Gedanken nirgendwo anders hin als ins Reich der Fantasiegeschichten.

Als ich dann in dem mir zugeordneten Klassenraum dem dortigen Klassenlehrer vis-à-vis stand, setzte dieser auch schon an, mich mit einer Kaskade der irrsinnigsten Fragen zu überrollen, derweil seine Schützlinge sich vor Lachen in die Hosen machten.

Warum schickte man mich in eine Klasse dieser Mittelschule, von der man hätte wissen müssen, dass da ein Klassenlehrer auf der Lauer lag, um gefeuerten Gymnasiasten mal so richtig die Meinung zu geigen?

Und nicht nur er war so gepolt. Nein, auch seine ganze Klasse liebte es regelkonform, dass er mal wieder versuchte, einen Ex-Lateiner *coram publico* zum Deppen zu machen!

Zum Glück hatte ich schon einige schulische Irritationen hinter mir und wusste, dass mir in dieser Situation nur das „Alles-oder-Nichts-Prinzip" helfen könnte.

Ich entschied mich augenblicklich, direkt ins Direktionssekretariat zu marschieren, um einem der Bosse mein Herz auszuschütten.

Und, oh Wunder, eine der anwesenden Sekretärinnen schien mein Anliegen zu verstehen und sagte: „Warte mal einen Moment, vielleicht haben wir ja Glück und der *Dieter* isst gerade sein Frühstücksbrötchen und hat dabei auch noch Laune, einen missverstandenen Ex-Gymnasiasten anzuhören."

Tatsächlich war der Dieter viel mehr als ein simpler Zuhörer, denn es stellte sich heraus, dass der zweite Direktor ein supernetter Typ war, der der Film-Kunst nahestand und mir Hoffnungen machte.

Dieter schickte mich erst mal mit dieser Ansage für zwei Tage nach Hause: „Mein lieber Jeff, relaxe dort oder sonst wo und komm am dritten Tag um acht Uhr morgens in mein Zimmer – wir gehen dann gemeinsam in eine Klasse, in der du dich wohlfühlen wirst und die dich, wie ich das so sehe, auch dringend brauchen wird!"

Am dritten Tag stand ich dann vor meiner neuen Klasse, persönlich eingewiesen von Dieter, dem zweiten Direktor der Schule. Welch ein Neustart in meine zwei letzten Jahre auf einer staatlichen Mittelschule.

Es kam aber alles noch doller: Denn der Direktor bat einen schmächtigen Schüler namens ‚Nic' nach vorne, stellte mir ihn vor und sagte: „Ich erwarte von euch beiden, dass ihr eure Filmstärken bündelt und mir endlich einen Film liefert, der wo auch immer begeistern wird!"

Oh, là, là, dachte ich spontan und sah Glückssterne in allen Farben vom Himmel herab in mein Filmherz stürzen, um dort sanfte Explosionen auszulösen, die mein vor mir liegendes Leben von dieser Sekunde an bestimmen sollten.

Ich traf in der einzigen Filmklasse dieser riesigen Schule zwar auf Gleichgesinnte, deren Schicksal es bisher aber nicht zuließ, auch nur einen winzig kleinen Kurzfilm ihrer Schulleitung zu präsentieren: Trotz umfangreicher Unterstützung dieser Herren!

Dagegen schaffte ich es wenigstens einmal, einen von mir und meinem eigenverdienten Geld produzierten Kurzfilm über *„Meine frühen Jahre zwischen Trümmern"* auf den Tisch eines Filmredakteurs einer großen Fernsehanstalt zu wuchten.

Nach Sichtung durch diesen Filmfachmann trafen wir uns zwei- oder auch dreimal, wobei außer heißer Luft nichts Zählbares für mich heraussprang. Er ließ mich lediglich wissen „ich sei ein wirklich guter Filmtyp!"

Solche Geistesblitze aus den Ecken professioneller Filmleute sollten sich danach möglichst nicht mehr wiederholen, denn alle 16 Filmer meiner neuen Klasse begriffen ihren zweiten Direktor und reihten sich ein in eine geschlossene Gesellschaft, die nur noch einem Ziel nachjagte: einen 29-minütigen Kurzfilm auf die große Leinwand zu zaubern!

Was ich dazu mitbrachte, war die Erkenntnis, dass es ein herausragendes Drehbuch braucht, um einen wirklich guten Film zu machen.

Davon gab es zwar keins, aber Nic, der geniale Geschichtenerzähler der Klasse, hatte zwei Stories zur Hand, aus denen er, von mir unterstützt, in nur wenigen Wochen ein Drehbuch für einen circa 29-minütigen Krimi im Stil des französischen *Film Noirs* bastelte.

Info: *„Film Noirs" handeln oft im Untergrund von Städten, sind meist Stories, die sich in der Umgebung von Detektiven, Gangstern und oftmals bezaubernd schönen und geheimnisvollen Frauen abspielen.*

Mit diesem großen Schatz unterm Arm fand das entscheidende Treffen mit unseren zwei Direktoren statt, die vom Vorgelegten hellauf begeistert waren und uns Hilfen jeglicher Art zusagten.

Wenn ich ihre Direktorenmimik richtig deutete, witterten sie ein Film-Abenteuer, das die Schülergemeinschaft in dieser Art und Weise noch nie erlebt hatte.

Zwei Protagonisten hatten wir schon an Bord: Carlo, den Römer aus *Bella Italia* und mich, den vom Gymnasium ausgewiesenen Desperado.

Es fehlte jetzt nur noch die Partnerin für uns Jungs und somit der Star einer verhängnisvollen Dreiecksgeschichte mit dem Titel „Brünettes Gift".

Jetzt zählte nur noch eins: Wie sollte unser Star aussehen und wo war er zu finden?

Das hätte endlos dauern können, wenn da nicht Carlo gewesen wäre, der in Rom aufgewachsen und somit qua Geburt als ein diplomierter „*Roman Lover*" anzusehen war.

Wir als Filmklasse setzten all unsere Hoffnung in ihn, sich doch mal umzuschauen, ob ihm nicht irgendwo eine junge Dame über den Weg liefe, die unsere *Christine* glaubhaft verkörpern könnte.

Für den Fall, dass nun irgendwer von uns Jungfilmern auf die Idee gekommen wäre, ein „Roman Lover" gäbe tagtäglich deutsche Wasserstände durch, der wurde umgehend eines Besseren belehrt.

Ohne es mit seiner Filmklasse abzustimmen, vereinbarte Carlo mit den beiden Schuldirektoren die Vorstellung seiner und somit auch unserer *Christine*, die im normalen Leben eine junge Italienerin aus *Mailand* war und in Mainz „Lehramt" studierte.

Daraufhin gab das Sekretariat bekannt: „Wir bitten alle Schüler am Tag X im Jahre Y um 10 Uhr in unsere *Aula* zu eilen, um gemeinsam mit unseren Direktoren und der Lehrerschaft etwas zu erleben, was an unserer Schule bisher kein wirkliches Thema war."

Der Einzug unserer Protagonisten war beeindruckend: Vorneweg schlenderten winkend unsere zwei Direktoren, gefolgt von Carlo und seiner italienischen Entdeckung Mathilda, die fortan unsere *Christine* im *Brünetten Gift* verkörperte!

Erst als aus der Masse der Schüler heraus die ersten zaghaften *Bravo-Rufe* zu hören waren, begann es unruhig zu werden, um dann kollektiv hineinzufallen in einen nicht mehr zu stoppenden Beifallssturm.

Mathilda stand währenddem völlig relaxt da oben auf der Bühne und winkte uns allen zu, als wären wir schon lange echte Freunde.

Dieser Einzug in die Aula war sowohl für unsere Schule als auch für die Schüler ein Ereignis, das *erstmals* alle miteinander verband.

„*Das Brünette Gift*" wurde ein beeindruckender Erfolg, der viele bis zu ihrem Lebensende glücklich machen konnte.

Und unsere riesige Aula hatte es endlich begriffen, dass es ihr nicht schadete, wenn sie sich in einen prall gefüllten Treffpunkt von Schülern und Schülerfilmern aus der ganzen Nation verwandelte.

Sehr viele Städte luden auch uns ein, in ihren Schulen Vorführungen des Films „*Das Brünette Gift*" abzuhalten, um ihrer Schülerschaft Anreize zu liefern, außergewöhnliche Themen ins Visier zu nehmen und eventuell auch final zu realisieren.

„*Das Brünette Gift*", dessen einzige Kopie mir bei meinen vielen Umzügen abhandenkam, wird für immer mein Komplize sein und alle Filmbilder davon erfreuen mich, wenn ich gerade an sie denke.

Von Carlo fand ich leider gar kein Bild mehr und von mir auch nur noch dieses eine hier:

Jeff als Schülerfilmer in „*Das Brünette Gift*". *(Fotoarchiv)*

Allein auf mich gestellt ...

machte ich mich auf den Weg dorthin, wo ich hin-
wollte: in die Welt des Theaters und in die der bun-
ten Wundertüten – dem Film.

Nach meinen Recherchen sagte der Schauspieler
Heinrich Schafmeister, der unter anderem auch im
Vorstand des Bundesverbandes der deutschen
Film- und Fernsehschauspieler tätig ist, 2015 in
der FAZ: *„Schauspieler sein ist der schönste Beruf,*
den man NICHT weiterempfehlen kann."

50 Prozent aller Schauspieler in Deutschland verdienen weniger als 20.000 brutto im Jahr. Nur
knapp fünf Prozent können etwas beruhigter
schlafen, weil sie im Jahr 100.000 Euro brutto oder
mehr verdienen.

Dazu passt auch die Aussage des im Jahre 2000
verstorbenen französischen Starregisseurs Roger
Vadim: „Der Beruf des Schauspielers war und ist
immer schon einer der härtesten der Welt gewesen,
wenn man nicht wirklich erfolgreich ist."

„Wenn du dich allerdings zur Schauspielkunst berufen fühlst", fügte der fachkundige Schauspieler
Heinrich Schafmeister noch hinzu, „solltest du
dich durch NICHTS von diesem Ziel abbringen lassen!"

All euch Berufenen sei dann bitte klar, dass folgende Voraussetzungen ein Leben lang euer haut-
enger Begleiter sein müssen:

Großes Selbstbewusstsein & gutes Körpergefühl

Disziplin & Durchhaltevermögen

Hohe Belastbarkeit & Flexibilität

Talent, sich Texte perfekt merken zu können

Wandelbarkeit & Kreativität

Leidenschaft.

Dann kanns ja losgehen: Nur welche Art von Schule könnte für meine Mentalität die Beste sein? Geht dieser Weg über eine der 65 privaten Schauspielschulen oder bin ich bei einer der 19 staatlichen Schauspielschulen im deutschsprachigen Raum besser aufgehoben?

Ich empfehle heute allen, die es in die Schauspielerei drängt, sich einen Platz in einer staatlichen Schule zu *erkämpfen.*

Klappt das nicht, versucht euer Glück bei einer privaten Schauspielschule, die Leute empfehlen, die wirklich Ahnung von der Schauspielerei haben.

Oder seid ihr vielleicht sogar der Typ Mensch, der nonchalant zu jedem x-beliebigen Film- und Fernsehcasting spaziert und sich von diesen Orten aus zum national oder international bekannten Schauspieler hinaufarbeitet?

All das gabs und gibts noch immer – allerdings auffallend selten.

Während dieser spannenden Zeit empfahl mir ein junger Theaterregisseur, den ich bisher nur vom

Sehen her wahrgenommen hatte, eine internationale Acting School in Amsterdam, die sich nahe beim Rembrandtplein befinden sollte.

Jeff während der Schauspielschulzeit. *(Fotoarchiv)*

Ich fand das ganz lustig, denn erst vor wenigen Wochen hatte ich die Aufnahmeprüfung an der privaten Frankfurter Schauspielschule Alice George bestanden, deren bezaubernde Chefin die Frau eines Theater-Intendanten war.

Dieser Tipp vom jungen Theaterregisseur machte Sinn: Deshalb plante ich, meine vierjährige Ausbildung in zwei Hälften zu splitten, so sie mich in Holland ebenfalls für talentiert halten sollten.

Mein Vater hatte sich inzwischen aus unseren wirtschaftlich doch mehr als bescheidenen Regionen hoch gekämpft und Freundschaften an vielen Orten geknüpft, die auch für mich ab und an mal von Vorteil waren: So wie dieses Märchen in den Niederlanden, wo ich meine Aufnahmeprüfung in die internationale Acting School bestand und parallel dazu zwei überaus glückliche Jahre im Haus von Amsterdamer Freunden meines Vaters verbrachte.

Die Kinder der Freunde meines Vaters. (*Bild: pixabay.com*)

Apropos:

Miete wollten weder die Eltern noch ihre zwei fantasiereichen Kids von mir. Zäh verhandelte ich allerdings darüber, für mein Essen und Trinken „Bares" auf den Tisch meiner neuen Freunde legen zu dürfen!

Ich glaube auch, dass die Family irgendwie froh war, mal einen Typ Mensch um sich herum zu haben, der stets freundlich und immer für alle Späße dieser Welt zu haben war.

Des Weiteren hatte ich großes Glück, mich an beiden Schauspielschulen wohlgefühlt zu haben.

Dann, irgendwann während meines letzten Amsterdamer Schauspielschuljahres, traf ich die bisher wichtigste Entscheidung in meinem jungen Leben.

Nach mehreren Treffen mit respektablen Schauspielagenten entschied ich mich dafür, mein eigener Agent zu werden, was nichts anderes bedeutete, als auf volles Risiko zu gehen – ich spielte Vabanque!

Ausschlaggebend für meine Entscheidung war das Treffen mit einer bezaubernden Agentin in München, die mich einem der angesagten Film- und Fernsehproduzenten des Landes in dessen Büro vorstellte.

Während der knappen Stunde vor Ort überfiel mich allerdings ein heftiges Gefühl der Selbstentfremdung.

Als Zuschauer erfuhr ich hier, dass ich gekommen war, um mir anzuhören, ob ich für die noch zu besetzende Rolle als Kellner in einer eher zweitklassigen TV-Komödie der Richtige sei – oder ob ich vielleicht doch noch zu jung und unerfahren für diese Fernsehrolle war.

Solch ein Szenario war für Jeff gespenstisch – und er wollte es nie mehr erleben.

Vielleicht lag ich ja mit meiner Einschätzung dieser Situation völlig daneben, und beide, sowohl der Produzent als auch die sehr charmante Agentin, wollten nur das Beste für den Rookie Jeff?

Und so kam es spontan dazu, dass ich der Agentin zwei Tage später absagte, um ab sofort mein eigener Theater- und Filmagent zu sein.

„Eine eher für Schauspieler unübliche Alternative", – wie es mir einige Zeit danach ein gestandener Theatermime enthüllte.

Ob diese Seiltänzer-Entscheidung jedoch richtig oder unrichtig war, wird mir nicht mal das Universum sagen können.

Ich musste mich ganz einfach wohlfühlen und verzichtete darauf, irgendeine Marionette an einer endlosen Schnur zu sein.

Das mag sich alles irgendwie strange anhören, war aber zutiefst meinem Naturell geschuldet.

Irgendwann während oder nach dem Ende meiner vielen Theater-Vorsprech-Wochen sollte sich wenigstens ein Theater willig zeigen, mich einen Vertrag über eine Zeit X unterschreiben zu lassen.

In dieser Beziehung war leider nicht viel los, außer dass sich mein Briefkasten mit den schon erwähnten freundlichen Absagen immer mehr füllte!

Die Tage zogen ereignislos dahin, obwohl mein Telefon tagtäglich bestimmt zwanzigmal klingelte.

An diesem einen Tag aber traute ich meinen Ohren nicht, als ich die wohlklingende Stimme meines Visavis schon nach den ersten beiden Wörtern erkannte: Es war Niemand anderes als der smarte Intendant vom „kleinen theater" Bad Godesberg, auf dessen Theaterbrettern ich während meiner wochenlangen Vorsprechreise schon einmal ein 18-minütiges Gastspiel gegeben hatte.

Im ersten Moment dachte ich, dass er mir logischerweise entweder absagen oder eine Vertragsunterzeichnung ankündigen würde: Beides wurde der Tragweite seines Anrufs nicht gerecht, denn alles drehte sich hier um einen jungen New Yorker Regisseur, der vom weltbekannten US-Dramatiker *Tennessee Williams* die Regiearbeit an einem seiner kleineren, sehr selten gespielten Stücke übertragen bekommen hatte – und zwar exklusiv für das „kleine theater" Bad Godesberg.

Machen wir's kurz: Dieser New Yorker mit Namen *John* sah ein Foto von mir und bat den Intendanten, mich herbeizuzaubern, um ihm verschiedene Rollen aus meinem Zauberhut vorzuspielen.

Multiplizierte sich da etwa ein Traum, der mich tief in einer meiner vielen unruhigen Nächte überfiel, in dem ich im schwarzen Rollpulli mitten in der Einöde Prinz Hamlet vor 29 Zuschauern performte?

Zum Glück. Nein.

Denn dieser Anruf war real und dazu noch ein hochkarätiger: „Amerika" war hinter mir her, um mir die männliche Hauptrolle in einem Tennessee Williams-Stück mit dem Titel: „The Case Of The Crushed Petunias" anzubieten: und das im „kleinen theater" Bad Godesberg.

(Fotoarchiv)

Ich kann ihnen versichern, dass ich noch nie so schnell in meinem uralten klapprigen Renault gesessen hatte, um irgendwohin zu fahren …

Übrigens: *John* studierte wohl auch die Sprache Deutsch an der Uni, denn er sprach perfektes amerikanisches Deutsch.

Bevor ich dann endlich auf meinen heiß geliebten Theaterbrettern stand, gönnten wir uns alle noch einen kräftig-herben Espresso: von der Frau des Intendanten persönlich zubereitet.

Gut möglich, dass diese sehr herbe italienische Spezialität meinem Spiel einen Extrapush gab, da ich danach keine Viertelstunde in der Umkleide saß, als auch schon die gesamte Theaterspitze samt dem Mann aus New York-City vor mir stand und mir herzlichst zu meinem Engagement gratulierten sowie mich zum Abendessen plus Übernachtung einluden.

Ich unterschreibe meinen ersten Theatervertrag in Bad Godesberg. *(Fotoarchiv)*

Meine *Überraschungsnacht* in Bad Godesberg:

(Bild: pixabay.com)

Schon während meines Engagements dort begann ich jeweils zwei Fotos an kleine Filmproduktionen in der Hoffnung zu schicken, dass ich mich auf die Reise in einen kleinen Zauberwald begeben solle, in dem eine spannende Filmgeschichte schon Jahre auf mich warten würde.

Das war gar kein schlechter Weg, den meine Bilder da nahmen. Denn nach nur wenigen Monaten meldete sich im Sekretariat meines Theaters ein Mann mit einem sehr exotisch klingenden Namen: Monsieur *Henri-George de Beaumarchais!*

Die Magie dieses Namens versetzte nicht nur unser Theaterbüro in Hochspannung, nein, auch ich war mehr als neugierig, wer sich dahinter verstecken könnte. Alle Rätsel lösten sich dann von einem Augenblick zum anderen auf: Henri-George war ein waschechter Franzose, den die Liebe nach Wien gelockt hatte. Dort angekommen, avancierte er innerhalb einer relativ kurzen Zeit zum engsten Vertrauten des deutschen Schauspielers Ulli Lommel ...

Er, Henri-George, war es, der meine zwei Fotos bei einer kleinen Filmproduktion in München gesehen hatte, mich dabei als nichts anderes als unkonventionell einstufte, sodass er mich auf der Stelle sprechen musste.

Wenn ich einverstanden wäre, würde er mich gerne seinem Freund, dem international bekannten Starschauspieler Ulli Lommel vorstellen. Dieser sah nicht nur gut aus und verzauberte als *Bravo-Boy des Monats* die Teens, sondern startete gerade seine neue Rolle als Filmregisseur und hielt händeringend Ausschau nach einem Typen wie mir.

Dies war der *Urknall,* der meine herbeigesehnten Schauspieler-Abenteuer einläutete – und den weltweit die Physik noch zu suchen scheint, wenn ich da nicht falsch informiert bin.

Ergänzung:

Ohne meinen Freund Ulli Lommel, der nie wie ein Star durch die Lande zog, hätte ich wohl kaum die Ehre gehabt, mit einigen der schillerndsten Namen der Retrofilmzeit vor der Kamera zu stehen.

Ulli, der Jahrzehnte in Paris, New York und L.A. lebte und filmte, war es, der mir empfahl, mit einem sich international anhörenden Künstlernamen meine Filmjahre erst mal zu starten.

Abrakadabra – und ich hieß *Jeff Roden* in meinen vier Ulli-Filmen: im *weltweiten* Kultfilm „Zärtlichkeit der Wölfe", im "Tödlichen Poker", im „Wachtmeister Rahn" und im *römischen* „Der zweite Frühling".

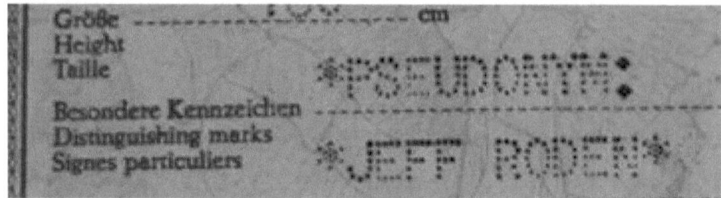

Künstlernamen werden im Pass nach Bürgeramt-Check eingetragen. *(Fotoarchiv)*

„Der zweite Frühling" in Rom war unser letzter gemeinsamer Film; danach filmte Ulli fast nur noch in den USA.

Derweil sich mein neuer europäischer Künstlername so las: *Bernard Rud.*

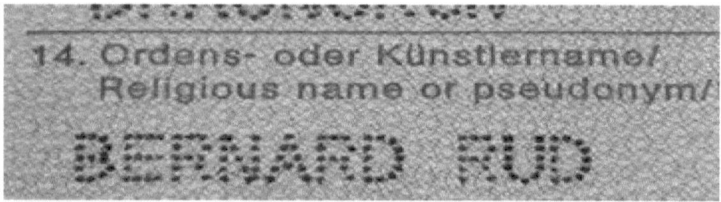

(Fotoarchiv)

Als dieser *Bernard Rud* war ich Ideengeber und Co-Autor sowie der Titelheld *Philip Boran* in meinem Lieblingsfilm „Der Fall Boran".

Apropos:

Der Filmkritiker *Alfred Holighaus* startete seine „Der Fall Boran"-Rezension mit dem Prädikat: COOL.

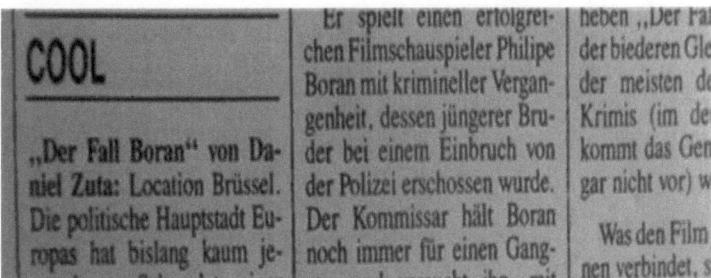

COOL

„Der Fall Boran" von Daniel Zuta: Location Brüssel. Die politische Hauptstadt Europas hat bislang kaum je-

Er spielt einen erfolgreichen Filmschauspieler Philipe Boran mit krimineller Vergangenheit, dessen jüngerer Bruder bei einem Einbruch von der Polizei erschossen wurde. Der Kommissar hält Boran noch immer für einen Gang-

heben „Der Fal der biederen Gle der meisten de Krimis (im de kommt das Gen gar nicht vor) w

Was den Film nen verbindet, s

(Fotoarchiv)

PS:

Pseudonym, Künstlername:

Mein Filmstart-Pseudonym *Jeff* kreierten mein Regiefreund Ulli und ich gemeinsam am Münchner Flughafen, als wir auf eine Film-Kopie aus Rom warteten, wogegen mich all meine Freunde aus der Ur-Retrozeit nie anders riefen als *Bernard*.

Währendem Ulli nach unseren gemeinsamen Filmen seine Film-Weltreise startete, war ich bereit, meinem in mir schlummernden Alter Ego *Bernard* neues Leben einzuhauchen.

Einer holt den Anderen:
Mein Freund Ulli Lommel

Schauspieler, Regisseur, Produzent, Drehbuchautor, Kameramann

Dank R.W. Fassbinders Hilfe drehte Ulli im Jahr 1973 seinen ersten großen Film „Zärtlichkeit der Wölfe", eine Fassbinder-Produktion. Der Zufall wollte es, dass ich just zu dieser Zeit Ulli in München kennenlernte und er mich in Paris mit dem Superstar „Fassbinder" bekannt machte. Dieser nickte bei einem Espresso im Künstlerviertel Montmartre … und ich hatte die zweite Hauptrolle in diesem weltweiten Kultfilm.

Der Pop-Art-Gigant dieser Jahre, Andy Warhol, sah Ullis Wölfe-Film in New York, man traf sich und drehte umgehend zwei beachtete Filme unter Ullis Regie.

Nach drei Jahren in Warhols New Yorker Factory zog es Ulli weiter nach Los Angeles, wo er dann bestimmt 30 weitere Filme drehte, wovon einer, „The Boogey Man", ebenfalls ein weltweiter Kultfilm wurde.

Ohne diesen Maestro namens Lommel, der all seine Filme abseits des Mainstreams drehte und somit quasi ein unabhängiger Filmer war, hätte ich die schillernde Wundertüte Film bestimmt nie in dieser geschilderten Art und Weise kennengelernt.

Jeffs „Indie"-Träume

Info: *Indie-Filme oder Independent-Films (englisch für „unabhängige Filme") bezeichnen Filmproduktionen, die außerhalb etablierter Strukturen umgesetzt werden.*

Unser Schülerkrimi „Das Brünette Gift" hatte mich gelehrt, dass *Respekt* und *Tonfall* das A und O beim Filme drehen sein müssen.

Wenn sich dieser Komposition eine tolle Story anschließt, kann es leicht passieren, dass ein Schülerfilm nationenweiten Applaus einheimst!

Diese jugendliche Erleuchtung war der Auslöser dafür, den gewollt abenteuerlichen als auch gefährlichen *Indie-Weg* ins Auge zu fassen: als Filmschauspieler und Drehbuchautor. Fortan galt es Geschichten zu erfinden, Drehbücher mit Freunden zu schreiben und Indie-Filme zu drehen.

Ich wusste allerdings damals schon, dass es für die allermeisten von uns nicht die eine Jagd nach der perfekten Filmrolle geben würde, nein – unsere Forschungsreise durch das Schauspieler-Labyrinth würde von Dauer sein.

„Stockholm – Toledo – und retour"

Das Luftballonhaus auf Abwegen

„Liv": der Star unseres Films. *(Bild: unsplash.com)*

Ein Film in Planung
Idee und Treatment: Jeff Parc

Livs lange Reise in eine andere Welt begann in der großen Halle des Stockholmer-Hauptbahnhofes: „Stockholm Central".

Bahnhofshalle Stockholm *(Bild: Michael Zappa, T-Centralen)*

Ihr Ziel Toledo war zufällig gewählt und der Job eines engagierten Au-pair-Mädchens sollte auch dort gefunden werden.

Vor ihrer neuen Freiheit lag nur noch eine rund 3.200 Bahnkilometer lange Zugfahrt.

In Toledo angekommen, checkte sie in eine sehr günstige Pension ein, um unmittelbar danach zwei Tage und zwei Nächte aufgrund einer totalen Erschöpfung durchzuschlafen.

Am Morgen danach saß Liv alleine an einem kleinen Frühstückstisch, als sie ein zartes Klopfen hörte, die Tür sich öffnete und die komplette Familie ihrer spanischen Pensionsbesitzer hereinspazierte: Mutter, Vater und die drei Kinder im Alter von vielleicht fünf, acht und elf Jahren.

Die Mama hielt einen Stadtplan von Toledo in der Hand und fragte vorsichtig, ob sich alle zu ihr setzen dürften.

So was hatte Liv schon lange nicht mehr erlebt, dass ganz normale Menschen sie fragten, ob sie sich zu ihr setzen dürften.

Sie war ergriffen und erst mal sprachlos.

Danach sprang sie vom alten Holzstuhl auf, um jeden einzelnen dieser warmherzigen Familie in ihre Arme zu nehmen.

Eine Stunde später gings dann schon samt Stadtplan in den Vorort, der bevorzugt skandinavische Au-pair-Mädchen engagierte.

Dort angekommen, waren die ersten zwei Begegnungen mit den Damen der Häuser ein Reinfall. Deshalb änderte sie im dritten Anlauf die Taktik und wechselte von einem mehr als holprigen Spanisch in ein etwas flüssigeres Englisch.

Sie klingelte und die mächtige Eingangstür zu diesem riesigen Anwesen öffnete sich und vor ihr stand ein Typ Geschäftsmann, der ihre Begrüßung auf Englisch anscheinend sehr witzig und charmant fand, ihr aber auch umgehend sagte, dass er sehr wenig Zeit habe, da sein Flugzeug in die USA schon in drei Stunden in der Luft sei.

Während er vor ihr stehend seine Krawatte band, bekam er wohl mit, dass Liv auf der Suche nach einer Au-pair Stelle war.

Damit war das Eis gebrochen. Und während er die mächtige Tür aufriss, bat er sie, sich für einen Moment zu setzen. Als er wiederkam, überreichte er ihr eine Visitenkarte und sagte: „Sei so lieb und ruf morgen so gegen Mittag meine Frau Maria an: Sie ist eine der geschätzten Theaterschauspielerinnen am hiesigen Stadttheater und schläft normalerweise morgens ein wenig länger.

Ungeachtet dessen engagiere ich dich jetzt schon mal für die nächsten fünf Jahre, wenn es dir recht ist. Ich glaube, dass ich sowohl meiner geliebten Frau als auch unseren Kindern kein schöneres Geschenk machen kann, als dich in unserer Familie willkommen zu heißen.

Wenn du möchtest, kannst du dein Zelt schon ab morgen bei uns hier aufschlagen."

Als sie am nächsten Mittag mit der einen Tasche, in der sie all ihren Besitz verstaut hatte, dort klingelte, öffneten ihr freudestrahlend drei junge Damen: Maria, die Schauspielerin, und ihre zwei Mädchen Lucia und Paula, vier- und fünfjährig.

Und so begab es sich, dass Lucia und Paula ganz ungezwungen an den zwei Beinen von Liv hingen und diese direkt ins Haus zogen, um dort dann in Livs schon hergerichtetem Zimmer ihre Tasche gemeinsam auszupacken und anschließend wild tobend mit ihr im Esszimmer zu landen, wo Maria mit dem ersten warmen Essen seit Langem auf ihre neue Freundin Liv wartete.

Auf diese Art und Weise neue Freunde zu gewinnen, ist ja irgendwie auch Normalsterblichen nicht ganz so einfach zu erklären: Das geht doch schon sehr ins Märchenhafte.

Die ersten Tage waren vergangen, als sie alle zusammen am riesigen Esstisch saßen: der Vater David, Maria, Liv und die zwei wirklich atemberaubenden Mädchen.

Kamen die Großen etwas später an den Tisch, kreisten Luftballons zwischen den drei Jüngeren – Paula, Lucia und Liv – hin und her: Wer einen nicht weiterbeförderte, musste eine Runde aussetzen.

Liv erfuhr in diesen Tagen alles über die Familie: angefangen mit dem Beruf Davids, der als Luftballon-Produzent mit weltweiten Beziehungen seine Brötchen verdiente, und seiner bezaubernden Frau Maria.

Dann kam ein neuer Tag an dem Livs Leben erneut auf den Kopf gestellt wurde. Es war der Tag des besten Freundes von David: Amadeo.

Liv spürte sofort, dass da jemand von einer wichtigen Reise zurückgekommen war.

Und so ähnlich war es dann ja auch: David stellte Liv Amadeo vor, den er schon seit Schulzeiten kannte, die zusammen an derselben Uni studiert hatten und allerbeste Freunde waren.

Nach der Uni blieben beide in Toledo: Amadeo wurde Gymnasiallehrer in Mathe und Philosophie, David arbeitete zunächst im Bereich IT/Software, produzierte aber inzwischen Luftballons und verkaufte sie in die ganze Welt.

Amadeo hatte als kopflastiger Typ den Dokumentarfilm entdeckt. Und da im Besonderen ganz spezifische Themen, wie zum Beispiel die „Klasse der Persönlichkeitsstörungen", für die er gerade in Barcelona seinen ersten Preis gewann.

Diesem Herzensfreund von David sah man schon während des Essens und den dabei geführten Gesprächen an, dass ihn die Ausstrahlung der jungen Schwedin mehr verunsicherte, als er es sich eingestehen wollte.

Was Amadeo besonders beeindruckte, war Livs äußerst liebevolle Kommunikation mit den zwei Mädchen seiner Freunde: so etwas hatte er selbst als Pädagoge noch nie erlebt.

Diese Momente bekam Liv natürlich mit und sie beeindruckten sie sehr.

Das war aber nicht die einzige Exotik, die ihre nahe Umgebung an ihr bewunderte, nein, eine andere Besonderheit war ihre unfassbare Offenheit, sich mit selbst erlebten Problemen objektiv auseinanderzusetzen.

Und genau das war es, woran sich der Philosoph und Neuregisseur begeisterte.

Denn er erfuhr in lediglich zwei Tagen am Mittagstisch seiner Freunde so viel über das bisherige Leben von Liv, dass er danach einige Nächte damit verbrachte, in Träume zu verfallen, die ihm eine Melange aus junger Schönheit, Niedergeschlagenheit, Stolz, Würde, Schmerz und Todesangst in ein und demselben Gesicht vor Augen hielt.

Amadeo hatte nach all diesen Nächten nur noch einen Wunsch, teilte diesen seinem Freund David mit, der ihn daraufhin lächelnd anschaute und sagte: „Du wirst es glauben oder auch nicht, ich sehe Liv ebenso wie du als Protagonistin in einem Film, der viele Genres in sich vereint: Was für welche weißt du besser als ich."

Und es kam der Abend, an dem sich der Luftballon-Produzent als weltoffener Vermittler auszeichnete und beim Abendessen Liv charmant fragte, ob sie sich vorstellen könne, gemeinsam mit Amadeo ein Film-Konzept über ihr bisheriges Leben zu entwerfen.

Das vielleicht sogar krimiaffine Finale könnten sie dann alle zusammen erarbeiten.

Und weiter fügte er hinzu, dass ihm dafür auch schon ein sehr einprägsamer Filmtitel eingefallen sei: *„Von Stockholm nach Toledo und retour".*

Ab diesem Moment waren alle Blicke am riesigen Esstisch exklusiv auf Liv gerichtet, selbst die Allerkleinsten machten es den Erwachsenen nach und schauten freudig feixend zu ihr hoch.

Eine angespannte Stille beherrschte den Raum, da Liv selbst ihre beiden Hände vors Gesicht hielt und keiner es zu deuten wagte, was darüber zu denken war.

Im nächsten Moment explodierte nicht nur der riesige Tisch, nein, auch alle, die um ihn herumsaßen, verwandelten sich in lustige Clowns, deren Oberclown *Liv* sich auf ihren Stuhl stellte und wie ein preisgekrönter Auktionator von dort oben ausrief: „Liebe Freunde, ich kann mir vorstellen, dass alle hier am Tisch wissen, dass ich auf keinen Fall eine Schauspielerin werden möchte.

Was ich mit meinem schwedischen Abitur irgendwann einmal anfangen werde, steht ebenfalls in den Sternen.

Euch aber habe ich in den wenigen Wochen hier im Haus in mein Herz geschlossen und zu wahren Freunden werden lassen: Warum also sollten wir dann nicht auch das Unmögliche möglich machen und gemeinsam einen Film drehen.

Und dein Filmtitel, lieber David, trifft mich mitten ins Herz: Ja, wir alle werden uns Stockholm zurückerobern!"

Das ganze Haus spielte verrückt: Davids Frau Maria setzte sich spontan an die Spitze einer Polonaise und alle anderen, also David, Liv, Amadeo und die zwei entzückenden Mädchen irgendwo dazwischen, tanzten diesen polnischen Nationaltanz durchs ganze Haus: nicht einmal, nicht zweimal, nein viermal.

Eigentlich wollten sie alle gar nicht mehr aufhören Polonaise zu tanzen.

Was an diesem Abend im Hause der Luftballon-Familie passierte, war keine in Wüstengebieten auftretende Luftspiegelung, nein, es war die Geburtsstunde einer irren, ja fast unvorstellbaren Filmidee einer kleinen spanischen Familiengruppe samt ihrer Freunde Liv und Amadeo.

Einen Film über das junge, leidvolle, aber auch nach vorne gerichtete Leben ihrer neuen Freundin Liv zu drehen, der ein Thema anpackt, unter dem sehr viele Menschen weltweit nicht nur leiden, nein, sondern seelisch zugrunde gehen.

Ein Thema wie geschaffen für eine das Publikum mitreißende und natürlich auch sehr unterhaltende Filmgeschichte.

Livs Wunsch, alle um sie herum aktiv teilnehmend zu sehen, wurde umgehend verwirklicht.

Und so starteten sie mit folgender Besetzung in ihr Abenteuer „Film": Liv, David, Amadeo, Maria und den zwei Schauspielerfreunden des Regisseurs namens Pablo und Martin.

Dass Liv Abenteuer zum Leben erwecken kann, spürte Amadeo schon beim ersten Rendezvous am großen Esstisch seiner Freunde Maria und David.

Und diese Elektrisierung setzte sich fort, wo immer er mit der Familie und Liv aufkreuzte …

Ja, es ging sogar so weit, dass Amadeo beobachtete, wie selbst anerkannte Intelligenz-Trainer und Dauerredner Livs Charme und Charisma verfielen.

Bevor der kleine Künstlerkreis sich an den großen Esstisch des Luftballonhauses setzte, war es der Wunsch aller, dass Liv in ‚direkter Rede' mit ihrer realen Geschichte starten würde, um dann in einen fiktiven Teil der Story einzuschwenken.

Und genau so geschah es dann auch:

„Behütet aufgewachsen bin ich zusammen mit meinem Bruder Milton in einem ähnlich großen Haus wie eures hier.

Unsere Eltern sind beide Rechtsanwälte. Papa Niklas ein landesweit bekannter Scheidungsanwalt und Mama Tyra eine erfolgreiche Rechtsanwältin für Erb-, Miet- und Familienrecht.

Dieser Idylle begegnete schlagartig Entsetzliches, nie Erahntes:

Niklas, der wahrscheinlich schon seit einiger Zeit Gefangener seiner eigenen Midlife-Crisis war, verhedderte sich wohl zu sehr in seinen eigenen Akten und geheimen Träumen, als auch in die wilden Titelstorys der bekanntesten Schauspielerin des Landes: Alma Karlsson.

Die auch in Dramen glänzend agierende Starschauspielerin verlor wohl für den Bruchteil einer Sekunde ihren strahlenden Verstand, um in die immer fangbereiten Werkzeuge eines noch halbwegs jugendlichen Moneymakers zu stolpern, der wie ein ausgeflippter Pfau durch Zeit und Raum stolzierte.

Dieses überhaupt nicht zusammenpassende Paar brachte es binnen weniger Monate fertig, dass Almas Ehemann, ein älterer honoriger Uniprofessor, stichhaltige Betrugsbeweise auf den Tisch des Gerichts legen konnte.

Um es kurz zu machen: Niklas übernahm nicht nur den prominenten Scheidungsfall von Alma Karlsson, nein, er übernahm folgend auch noch die bei

Frau Karlsson inzwischen frei gewordene Stelle als Begleiter in allen Lebenslagen.

Unser Vater verließ nach heftigsten Auseinandersetzungen im eigenen Heim die Familie in einer Nacht- und Nebelaktion.

Egal wo solche Dinge passieren: überall dort bricht Chaos aus.

Wenn sich Chaos noch verstärken kann, dann höchstwahrscheinlich in Zusammenhang mit einer Alkoholsucht, die das Fass in unserem Haus zum Überlaufen brachte.

Unsere Mutter, inzwischen vom Alkohol gezeichnet, schloss sich mit ihrer besten Freundin zusammen, der vor Jahren ähnliches widerfahren war.

Milton fand an einem Morgen einen abgerissenen Zettel, auf dem hingekritzelt zu lesen war: „Entschuldigung, ich bin am Ende!"

Dieses Gekritzel ließ uns Geschwister heulend zurück …

Und zwar solange, bis wir einen erschütternden Brief aus Nordnorwegen in unseren Händen hielten, in dem sich unsere Mutter bei Milton und mir entschuldigte und ihr ganzes Elend vor uns ausbreitete.

Der letzte Satz in ihrem Brief gab uns beiden dann wieder etwas Hoffnung: „Bitte gebt mir etwas Zeit: Wir werden dann eines Tages wieder die Alten sein – ich liebe Euch!"

Milton und ich akzeptierten diesen Schritt unserer geliebten Mutter und waren ab diesem Moment frei, unser beider Leben neu auszurichten.

In dieser Situation las ich durch Zufall, dass ein französischer Starfilmer erst vor wenigen Tagen laut darüber nachgedacht hatte, dass es nichts Langweiligeres, Dümmeres und Idiotischeres als das Gangsterleben gebe.

Dieses Statement, das meine krimiaffinen Leidenschaften auf den Kopf stellte, wollte ich unverzüglich und persönlich auf den Prüfstand stellen.

Dazu musste ich erst mal herausfinden, wo ich das vom Filmregisseur in die Welt gesetzte langweilige Gangsterleben persönlich antreffen könnte.

Bestimmt keine leichte Aufgabe.

Und so kam es, dass ich meine ersten Schritte in eine Welt setzte, die ich bisher nur aus meinen geliebten Krimis kannte.

Da es in vielen Krimigeschichten nur so von verführerischen Frauen wimmelt, sah ich hier erst mal ein riesiges Hindernis auf mich zukommen, das ich nur überwinden konnte, wenn ich den Unterweltgestalten eine Art von Illusion anbieten würde.

Nachdem ich herausgefunden hatte, in welchen Luxus- und Hotelbars sich diese Gangster trafen, ließ ich mich anfänglich nur sporadisch, dann aber immer öfters dort sehen.

Und, was soll ich sagen, nach einem geschätzten halben Jahr avancierte ich zum herbeigesehnten

Star dieser Unterwelt-Szeneplätze, mit dem sich aber wirklich jeder dieser Figuren sehen lassen wollte.

Ich hatte schon lange erkannt, dass das Gesehenwerden für Menschen, egal in welchen Gruppen sie verkehrten, ein wichtiger Zaubertrank sei.

Da ich eine passable Schachspielerin war und auch noch bin, wartete ich eigentlich nur auf den einen perfekten Zufall, um leise zu mir selbst zu flüstern: „Schachmatt!"

Schachmatt *(Bild: pixabay.com)*

Aber wo ist der Eine zu finden, der aus der Masse der Langweiligen heraussticht?

Viele Monate gingen ins Land, in denen ich die Aussage dieses Filmregisseurs eigentlich nur bestätigt sah: Es war alles grottenlangweilig.

Egal wo ich gerade abhing …

Trotzdem konnte mich niemand davon abbringen, auf diesen einen Glücksfall ausdauernd zu warten.

Natürlich fragte auch ich mich ab und an mal, warum denn dort wirklich alles zum Kotzen langweilig war.

Ich hatte in den nun auch schon neun Monaten des um die Häuser ziehens nicht einen erfrischenden Geist kennengelernt, der mir entweder eine wirklich selbst erlebte Story oder von mir aus auch eine erdichtete erzählt hatte.

Dieses Volk gab entweder an oder langweilte sich 24 Stunden am Tag!

Auch an diesem einen Abend, der alles bisher Erlebte auf den Kopf stellen sollte, war es in der Bar der Bosse mehr als ruhig.

Alle die, die mich auch in diese Nacht hinein zum zweihundertsten Male umringten, hingen inzwischen champagnerbedingt leblos in ihren Plüschsesseln.

Meine Nacht schien wieder einmal gelaufen zu sein und ich war dabei, mich aus dem Staub zu machen, als ich bemerkte, dass sich am anderen Ende der riesigen Bar der Geräuschpegel wenigstens etwas in die Höhe bewegte.

Vielleicht störte das einen der anwesenden Bosse, denn als ich gerade dabei war mich umzudrehen, wurde es dort schon wieder leise.

Ich packte meinen immer startbereiten kleinen Beutel, als mich von links kommend ein kleiner, aber irre witzig aussehender Typ ansprach, um mir mitzuteilen, dass sein Boss mich gerne kennenlernen würde.

Aufgeschreckt durch diesen fabulierenden Typen, wurden alle, die mich umringten, hellhörig. Und das nutzte ich wiederum aus, um mit angehobener Lautstärke diesem ulkigen Boten zu verkünden, dass sein Boss mich hier noch erreicht, wenn er sich sofort auf den Weg machen würde.

So schnell wie das witzige Kerlchen gekommen war, verschwand es auch wieder.

Nun wussten erneut alle, wer hier das Sagen hatte.

Und wie nicht anders erwartet, stand plötzlich eine Art von jugendlichem Idol vor mir und somit auch vor all meinen schlipsbehangenen Bewunderern, die alle aussahen, als kämen sie direkt aus der teuersten und angesagtesten Modeboutique der Stadt.

Und dieser vielleicht Mittzwanziger stellte sich artig als *Edvin* vor, worauf ich ihm signalisierte, er möge direkt neben mir Platz nehmen.

Als er dann leicht verlegen und irgendwie auch hilflos neben mir saß, dachte ich an das Fach der Psychologie, das mir während all unseres häuslichen Elends folgendes beibrachte: Kurzschlussreaktionen können auch von einer spontanen Liebe eingeläutet werden – und dass Liebe die schönste aller Geisteskrankheiten sein konnte.

In diesem Kontext wurde mir auch erzählt, dass unser Gehirn einem Supercomputer gleiche: Ständig müsse es aus einer Vielzahl von Sinneseindrücken auswählen, welche ans Bewusstsein weitergeleitet werden.

Es wird geschätzt, dass allein die Augen in einer Sekunde wenigstens 10 Millionen Bits ans Gehirn weiterleiten.

Edvin, so schien es mir, bekam von all dem eine Art von Überdosis, fing Feuer und brannte innerlich lichterloh!

Und um diesen Brand nicht gleich wieder löschen zu müssen, hatte er einen hervorragenden Einfall: mich einzuladen auf einen emotionalen Ritt in seinem ferrariroten Speedster-Rennboot durch die Märchenwelt der Stockholmer Schären.

Ich kannte diese Welt seit meiner Kindheit, da unsere Familie dort selbst ein Inselchen besaß.

Edvin sah sich als Eroberer bestätigt und ließ sozusagen das goldene Huhn aus dem Sack, in dem er mir von seinem Versteck in dieser märchenhaften Schärenwelt und dem dort lagernden unschätzbaren Goldschatz erzählte!

Ein winziger Teil der Stockholmer Schärenwelt: ein ideales Versteck für Allerlei. *(Fotoarchiv)*

Wenn man überhaupt nichts von einem anderen Menschen weiß, ihn oder sie nur flüchtig und vom Look her wahrgenommen hat, wie es hier bei ihm und mir ja konkret der Fall war, ist es eine große Dummheit, derartige Geheimnisse weiterzureichen.

Ich, die das *Spiel der Könige*, das Schachspiel, über alles liebt, zeigte ja schon vor einiger Zeit der Stockholmer Schachcommunity, die händeringend nach außergewöhnlichen Talenten Ausschau hielt, was es heißt, alles nur auf eine Karte zu setzen.

Dass ich dann als *Problemlöserin* für einen berühmten Schachclub der Hauptstadt auftrat, zeigte doch nur, dass ich das Spiel der Positions-Verschiebungen perfekt beherrschte.

Ich fegte binnen Wochen alle vom Tisch, die auf der anderen Seite versuchten, mir Paroli zu bieten.

Kurz bevor der Club mich beim größten nationalen Schachturnier anmelden wollte, wo man von mir erwartete, dass ich die schwedische Schachwelt auf den Kopf stellen würde, verschwand ich auf Nimmerwiedersehen.

Man konnte mich nirgendwo orten, da man weder mein wahres Aussehen noch sonst was Reales von mir kannte.

Diese mythischen Katz-und-Maus-Spiele waren seit einiger Zeit mein treuester und ergiebigster Partner auf dem Weg zur totalen Befreiung von meiner inzwischen komplett zerstörten Familie.

Fähigkeiten, sehr weit vorauszudenken und alle nur möglichen Vorgänge erkennen zu können, die normale Menschen nicht mal erahnen: Das war ein klarer Vorteil, auch in meinem alltäglichen Leben.

Und dieses Talent schöpfte ich voll aus und dirigierte den in manchen Momenten doch zu blauäugigen Edvin dort hinein, wo sich der geheimnisvolle Ruheplatz der Goldmillionen befand: Metertief im Boden einer der winzig kleinen Inselchen irgendwo vor Stockholm.

Auf der Fahrt dorthin erfuhr ich, dass er zusammen mit den Goldmillionen und mir ein neues Leben starten wolle.

Das Thema *Diebstahl von Gold* findet ja schon immer große Resonanz in Kunst und Kultur – schließlich gilt Gold als Inbegriff von Wert schlechthin. Und mal ehrlich: Die spannendsten Filme sind doch die, in denen wir uns mit dem Räuber identifizieren.

Info: *Im angloamerikanischen Sprachraum gibt es dafür sogar einen expliziten Begriff: „Heist-Movie", also Gaunerkomödien, in denen Diebe auch Sympathieträger sind. Diese Art von Film ist ein Subgenre des Kriminalfilms, das aus Filmen besteht, die sich auf die Planung, Durchführung und die Folgen eines großen Raubüberfalls konzentrieren.*

Edvins skandinavische Multinationen-Gang erleichterte die größte Bank des Nordens um all ihr Gold im Wert von Multimillionen – und wird dafür noch heute mit einer Belohnungsrekordsumme gesucht.

Zum Desaster für Bank und Polizei bekam das Volk die Mitteilung: Uns ist kein einziges Mitglied dieser Gangstertruppe bekannt, – weder auf Film noch im

Foto noch irgendwas sonst, ja, wir wissen nicht mal, wie viele sie waren.

Edvins Bande bestand aus fünf Typen, die aus verschiedenen nordischen Ländern stammten und schon vor ihrem Jahrhundertraub untereinander ausgemacht hatten, dass der Schwede die Beute ganz alleine an einem Ort seiner Wahl in der unendlichen Schärenwelt Schwedens verstecken sollte.

Ein geschätztes Jahr nach ihrem Raub besuchte Edvin seine Gangmitglieder, um ihnen die erste Rate ihrer Beute auszuzahlen, – wie vereinbart.

Kann es denn für eine eingeschworene Gang jemals besser laufen?

Na ja, ab jetzt hatte mein so vor sich hinträumender Edvin halt eine kleine Mitwisserin, von der er glaubte, dass sie völlig ungefährlich sei.

Denn sie hatte ihm noch vor Kurzem gesagt: „Für Geschäftliches und Geld habe ich mich noch nie interessiert!"

An unserem Beziehungsstand änderte sich auch in den nächsten Wochen nichts, er wusste weder wo ich wohnte, noch hatten wir bisher irgendeine körperliche Berührung.

Eine kleine unbedeutende Sache trug ich ihm mal während eines Gesprächs vor: „Sag mal, könntest du mir kurzfristig die kleine Summe X auslegen, ich müsste nach Rom fliegen, um meinem Lieblingsonkel wichtige Dokumente zu übergeben?

Ich gebe dir nach meiner Rückkehr die Summe zurück."

Edvin zuckte beim Wort ‚auslegen' schon ziemlich cool und sagte dann: „Wie viel?"

Die freundliche Verabschiedung danach war der vorläufig letzte Kontakt zwischen uns.

Wenige Tage später saß ich schon im Zug Richtung Toledo!"

Was Liv bisher vortrug, stieß auf einhellige Begeisterung all ihrer Freunde am runden Tisch im Luftballonhaus!

Sie einigten sich schnell, eine vierwöchige Pause einzulegen, in der jeder von ihnen sich ein krimiaffines Filmfinale einfallen lassen sollte ...

Einstimmig wählte das Filmteam Amadeos Variante, ein Finale Dramatico, dass sich wie folgt abspielte:

„Liv fuhr eigenhändig das für eine längere und nicht ganz ungefährliche Reise bestens präparierte Campingmobil aus der Stadt Toledo hinaus und in Richtung ihrer Heimat Schweden.

Es schien, als hätten technisch superversierte Hände hier ihr ganz eigenes Spiel gespielt, denn unsere drei energiegeladenen Akteure – Liv samt ihrer zwei Komplizen Pablo und Martin – saßen in nichts anderem als in einem James Bond-ähnlichen Gefährt, das von außen allerdings aussah, als säßen da drei junge Campingfreunde drin, bereit das schöne Land Schweden zu erkunden.

In Stockholm angekommen, gings zuerst in ihre angemietete Wohnung zum Ausschlafen.

Was direkt danach passierte, war minutiös geplant: Denn ihr Beutezug war beschränkt auf einen einzigen Tag und der Tatort war die geheimnisvolle Welt des Stockholmer Schärengartens, der ungefähr aus 30.000 Inseln, Schären und Felsen besteht, die sich 80 km östlich vom Stadtzentrum in die Ostsee erstrecken. Einige sind große, bewohnte Inseln, die für ihre lebhaften Sommerpartys bekannt sind, andere ähneln eher Gras bewachsenen Kuppen, die ab und an auch von Seehunden oder Kajakfahrern okkupiert werden.

In diesen Stunden mussten alle Abläufe blind in unseren Denkapparaten verankert sein.

Liv und ihre Komplizen mieteten einen unauffälligen Mittelklassewagen sowie ein für drei Personen plus einiger vieler Goldbarren taugliches Boot für maximal zwei Tage, sodass auch bei diesem Leihgeschäft nichts Auffälliges notiert werden konnte.

Unsere drei Freunde hatten sich für ihren Erlebnisurlaub neue Ausweise ausstellen lassen, mit denen alles Formale reibungslos ablief.

Dann gings endlich dorthin, wo die Welt noch halbwegs in Ordnung war: Sie steuerten eine dieser grasbewachsenen Kuppen-Inselchen an und hatten dabei Glück, dass kein Mensch weit und breit zu sehen war – außer den Seehunden, die unsere Ankunft beäugten, um sich bei Gefahr geschmeidig ins Wasser fallen zu lassen.

Liv betrat als erste die paar qm große Kuppe, gefolgt von ihren Freunden, die sich nicht verkneifen konnten zu sagen, was für ein perfekter Ort das doch sei, um Wertvolles unter die Erde zu bringen – und umgekehrt!

Für Liv, die Schachkönigin, war das Gold einsammeln nichts anderes als eine kleine Berechnung wert: Wie viel Gefahrenprozente sind bei diesem lächerlich ungefährlichen Beutezug einzukalkulieren?

Dabei kam sie zu folgendem Vergleich: In Toledo an einem windstillen Sommertag von einem Hausziegel getroffen zu werden, ist in etwa ähnlich gefährlich wie ihren Edvin alleine oder mit Freunden zu dieser Jahreszeit hier in der Gegend zu treffen.

Was sollte er auch hier machen: Die restlichen Goldmillionen abtransportieren – ne, das zog er erst dann ins Kalkül, wenn er final wusste, wo er in Zukunft gedenken würde, sich niederzulassen.

Außerdem war noch lange kein Gras über die Affäre gewachsen; dazu brauchte es bei einer derart spektakulären Tat ohne Gangster noch Jahre, da sich das Volk bestimmt noch einige Zeit an die irrsinnige Belohnung erinnern und mit offenen Augen jeden qm von Schweden wahrnehmen würde.

Liv bewunderte Edvin insofern, als dieser dazu fähig war, einen wirklich großen Coup zu landen. Inzwischen hatte er seine vier Komplizen bereits mit einem akzeptablen Teil der Beute bedient und sich somit viel Zeit gegönnt, in der er sich darüber klar werden konnte, wie er mit dem riesigen Rest des Goldes umgeht ...

Okay, unsere drei Musketiere jedenfalls wurden von niemanden verfolgt, keiner wusste irgendetwas von ihnen, sie sahen aus wie Urlauber: alles gewöhnlich, um unversehrt mit unbeschreiblichen Millionen davonzukommen.

Ein kleines Problemchen gabs dann doch noch: Edvin erwähnte ein einziges Mal gegenüber Liv, dass er in Sichtweite seiner Kuppe voller Seehunde einige Inselchen auf Jahre hin gepachtete hatte, um eventuell völlig abartige Grabaktionen von Touristen sofort stoppen zu können.

Gut, dann mal los: Unsere Urlauber begannen die Grasdecke, unter der das Gold lagerte und die sich Liv mit ihrem Schachgedächtnis genau markiert hatte, abzuheben, um dann mit einer individuell zusammensetzbaren Leiter aus der Tiefe all das in Tücher verpackte Gold ans Tageslicht zu bringen.

Allerdings beanspruchte diese Aktion einige Stunden ununterbrochener Arbeit, die das Männerduo bravourös meisterte.

Während die Jungs das Gold ans Tageslicht beförderten, betätigte sich Liv als Ornithologin mit Fernglas.

Es blieb alles ruhig: weder ein Schwede, der aussah wie Edvin, war zu sehen, noch irgendwelche anderen Gestalten lungerten hier herum.

Pablo und Martin packten alles Gold ins Boot und gemeinsam mit ihrer Chefin Liv verließen sie das leer geräumte Goldinselchen in Harmonie mit der Natur.

Eine Meisterleistung!

Als ihr Boot dann Fahrt aufnahm, sah es im ersten Moment danach aus, als wolle sie ein irre angepinseltes Riva Ferrari Speedboot mit zwei Mann an Deck frontal rammen.

Zum Glück stoppten diese Irren kurz vorm Crash und der eine setzte ein rotes Megafon an den Mund und schrie: „Was ist los mit euch, ihr wart gerade auf dem Grundstück von unserem Boss, dem hier im Eck die ganzen Inselchen gehören – los, sagt schon!"

Erfreulicherweise hörte Liv das Speedboot schon von Weitem direkt auf sie zurasen und sagte sofort zu ihren Komplizen: „Bleibt cool, das hört sich an, als könnte das so ein verrücktes Boot von Edvin selbst oder seinen Kumpanen sein.

Wenn die was fragen, sagt, dass ihr keinen Sprit mehr hattet und dort angelegt habt, um nachzutanken."

Als sie das alles sagte, lag Liv schon längst und völlig zugedeckt auf dem Boden ihres Bootes.

Livs Worte wurden den Typen weitergereicht, worauf der Speedster-Lenker nur kurz nickte und noch rief: „Ihr seid Touristen, passt das nächste Mal besser auf, denn der Insel-Besitzer mag solche Attacken auf sein Land gar nicht."

Wow, die drei dachten, das Gröbste überstanden zu haben, als das Boot dieser irren Zwei doch tatsächlich wieder Kurs auf unsere Abenteurer nahm, längsseits zum Stehen kam und der eine, der schon vorher den Ton angab, brüllte: „Ich habe gerade mit unserem Boss gesprochen, der will eure Personalien haben."

„Kein Problem: Wir sind Italiener und das allererste Mal hier im Norden und in diesen schwierigen Gewässern unterwegs – Mein Freund heißt Mario Fenni und ich bin der Dante Grazioso, beide sind wir Römer und wohnen auch dort.

Braucht euer Boss auch noch die Straßennamen?"

Der Typ nickte nur und sein Kumpel notierte die Personalien von beiden.

Wobei der Megafon-Typ noch im Wegfahren rief: „Touristen seid ihr, das habe ich mir schon gedacht, das geht alles Okay!"

Und mit einem gewaltigen Motorenknall suchten sie das Weite.

Da hatten die drei Freunde noch mal Glück gehabt, dass die beiden nicht viel in der Birne hatten, denn jede Art von Auseinandersetzung mit egal wem hätte ihnen und ihrem Gold nur wehgetan.

Sie atmeten tief durch, verstauten zu dritt alles Gold im Unterbau ihres imposanten Fahrzeugs und machten sich auf den Weg von Stockholm ins ungefähr 3.200 Auto-km entfernte Toledo, Spanien.

Es war höchste Zeit, im Luftballonhaus ein Fest zu feiern und alle verfügbaren Luftballons dort hinfliegen zu lassen, wo sich Wünsche wie von selbst erfüllten …

Adieu, ihr Glücksbringer!

(Bild: freepik.com)

Hexerei im Fernsehstudio

Ich erinnere mich noch ziemlich genau an einige Aushilfsjobs während meiner Schauspielschuljahre in Frankfurt am Main und Amsterdam: Friedhofsarbeiter, Gurkenaussortierer am Förderband in einer großen Gurkenfabrik, Bürohilfskraft während eines langen Sommers in Peterborough, England – und als cooler Kellner in vielen Coffeeshops in Amsterdam.

Ach ja! Da fällt mir gerade noch rechtzeitig der für zukünftige Schauspieler extrem wichtige Job als *Lichtdouble* für Stars in deutschen Fernsehstudios ein.

Wie ich zu so einem Job kam, weiß ich nicht mehr wirklich genau, vermute aber, dass mich ein Schauspielbekannter dorthin vermittelt hatte.

Info: *Der Einsatz eines Lichtdoubles ermöglicht dem Regisseur, Beleuchtung und Kameraeinstellungen vor Beginn der Aufnahmen und ohne die eigentlichen Darsteller zu testen. Das konnte Stunden dauern!*

Ein einziges Mal erlebte ich, dass ein uns allen bekannter Star schon das Studio betrat, als diese Arbeiten noch in vollem Gange waren. Das wäre ja nicht weiter schlimm gewesen, wenn mich nicht just in diesem Moment mein über Stunden malträtierter Hintern im Stich gelassen hätte:

Ohne Gegenwehr rutschte ich vereint mit meinem Stuhl und den an ihm befestigten, heliumgefüllten

Luftballons zu Boden, inklusive der Belustigung aller im TV-Studio versammelten Mitmenschen!

Magic happens

(Bild: pixabay.com)

(Bild: pixabay.com)   **Surrealismus pur!**

Während sich das fast komplette Fernsehstudio noch die Bäuche vor Lachen hielt, schwebten, wie von Geisterhand dirigiert, die grünen, mit Helium gefüllten Luftballons samt Stuhl an meinem Kopf vorbei, um nirgendwo anders als punktgenau an ihrem angestammten Platz zu landen.

In der Zwischenzeit stand auch ich wieder auf meinen zwei Beinen und bemerkte, dass das ganze Fernsehstudio plötzlich mit offenen Mündern dastand, um dieser Selbstinszenierung des Lichtdoublestuhles frenetisch zu applaudieren!

Als die komplette TV-Crew meinte, das sei nun genug des Beifalls für einen hysterischen Stuhl, wendete sich das Studio-Publikum in meine Richtung, um auch mir als Teil dieses gerade mit eigenen Augen erlebten Phänomens einen gewissen Respekt in Form eines milden Applauses zukommen zu lassen!

Zwei Amsterdamer Schülerinnen

Ich wohnte während meiner zwei Amsterdamer Jahre auf der internationalen Schauspielschule im Stadtteil Czaar Peterbuurt und mein Weg zur Schule führte mich an einem niederländischen Phänomen vorbei: den Fahrradstraßen.

Amsterdam und seine Fahrräder. *(Bild: unsplash.com)*

Direkt neben einer dieser Straßen lag mein Schulweg, auf dem gerade mal zwei Menschen aneinander vorbeigehen konnten, was ja eigentlich niemanden ein Problem bereiten sollte.

Völlig ausgepowert vom zweistündigen Fechtunterricht wankte ich an diesem denkwürdigen Tag, mehr als ich ging, entlang meines alltäglichen Weges, als ich wenige Meter vor mir zwei bezaubernde

Teens erkannte, die sich in einer Art und Weise positionierten, als wollten sie mir sagen, „auf diesen Moment haben wir lange gewartet!"

Zwei charmante Teen-Freundinnen, die Jeff auf der Bühne seiner Amsterdamer Schauspielschule laut applaudierten. *(Bild: freepik.com)*

Sekunden später rollten *Tränen der Freude* über mein Gesicht, als mich die jungen Schülerinnen wissen ließen:

„Lieber Jeff, du hast uns in deiner Rolle als *Andri* auf eine so wunderbare Reise mitgenommen, dass wir nicht anders konnten, als dir aufzulauern und dich mit irgendetwas Spontanem zu überraschen und gleichzeitig auch glücklich zu machen.

Es war übrigens deine Mitschülerin Betje, die uns mit diesen verführerischen Worten zu eurer öffentlichen Theatervorstellung eingeladen hatte: Schaut euch mal den Jeff in unserer Schulaufführung von ‚Andorra' an, – der spielt den *Andri* derart couragiert, dass es eine Freude ist, ihm zuzuschauen."

Andorra ist Max Frischs berühmtes Bühnenstück über Antisemitismus und die Macht der Vorurteile.

Was ich in diesem Moment loswerden musste, war ungeschminkt: „Ihr beide seid die allerersten Teens auf dieser Welt, die den Jeff wissen lassen, dass sie ihn auf den Brettern mögen, die für Schauspieler die Welt bedeuten!"

Magisch angezogen nahm ich beide Schönheiten in den Arm, um jeder von ihnen zarte Küsse auf ihre Wangen zu hauchen und sie einzuladen, in die nächste freie Pantomimenstunde meiner Schauspielschule zu kommen.

Während wir drei dann giggelnd und gackernd weiter zum nächstbesten Coffeeshop zogen, bemerkte ich noch im letzten Moment, dass wohl ein weiterer Schüler, der uns drei offenkundig beobachtete, mich vielleicht auch als *Andri* gesehen hatte. Wer

71

sonst konnte mir in dieser wirklich engen Situation des aneinander Vorbeigehens ein so schelmisches Lächeln samt einem „V"-Zeichen schenken, als einer, der sowohl die beiden Teens als auch mich an jenem *Andri*-Abend in meiner Schauspielschule entdeckt hatte.

Dieser unfassbar nonchalante Schüler hatte mich da schon passiert, als ich ihm in einer Art von Begeisterung hinterherrief: „Wenn Du möchtest, komm doch nächsten Mittwoch um 14 Uhr in unsere Schauspielschule am Rembrandtplein zu einer coolen Pantomimenstunde. Wir drei warten auf Dich!"

Er drehte sich noch einmal um, lächelte und hob den rechten Daumen …

(Bild: pixabay.com)

Ein Film-Sommer auf Ibiza

Ulli, Henri-George, Jeff und die Beachvolleyballspielerin

Ibiza: Las Salinas. *(Fotoarchiv)*

Da ich es wirklich geschafft hatte, mir ganz alleine, also ohne irgendeine Agentur, meinen ersten Theatervertrag zu erkämpfen, konnte ich mich ab sofort folgender Frage stellen: Wie katapultiere ich mich in den Dunstkreis von jungen Filmregisseuren, deren vielleicht coole Mentalität dann auch noch mit meiner kompatibel wäre?

Ich fand erst mal keine Antwort auf diese für mich so wichtige Frage, erinnerte mich aber an einen Amsterdamer Theaterschauspieler, der mir im Morgengrauen folgende Zukunftsprognose gestellt hatte: „Du bist oder wirst mal ein passabler Filmheld, schreib doch einfach Filmproduktionen an, leg zwei Bildchen von dir bei und warte ab, was passiert. Ich bin mir sicher, da meldet sich irgendwer!"

Jahre später – dazwischen lag mein schwerer Autounfall mit meiner Citroën-„Ente" – rief ein mir unbekannter Kameramann in meinem Theater an, um mich dem Filmregisseur und Schauspielerstar Ulli Lommel vorzustellen.

Durch Ulli kam der später weltweit umjubelte Star *Rainer Werner Fassbinder* zu seinem ersten Film mit dem Titel „Liebe ist kälter als der Tod", in dem Ulli die Hauptrolle spielte und Fassbinder Regie führte. Dieser Film lief dann auch gleich auf der Berlinale, einem der drei größten Filmfestivals auf unserem Planeten.

V.l.n.r.: Hanna Schygulla, Ulli Lommel und R.W.Fassbinder. *(Fotoarchiv)*

Und ein Kennenlernen dieses Ullis schien für mich ja auch nur noch eine Frage der Zeit zu sein, so denn dieser Kameramann mit dem wohlklingenden Namen *Henri-George de Beaumarchais* sich final nicht doch noch als eine ärgerliche Lachnummer entpuppen sollte.

Henri-George war zum Glück kein Hochstapler, aber auch kein Zauberer: Denn als ich im Hause Lommel in München erschien, ignorierte mich das Schauspielerehepaar tagelang aufs Heftigste, sodass ich mir notgedrungen einen Plan zurechtlegte, der den Star animieren sollte, unverzüglich zum Duell mit mir anzutreten ...

Ich erfand überraschend schnell und mühelos eine drei Minuten-Story mit mir in der Hauptrolle, die Henri-George als Kameramann festhielt und in meinem Namen seinem Freund Ulli vorführte.

Die Fantasien meiner kleinen Filmidee müssen sowohl Ulli als auch seiner damaligen Frau Katrin gefallen haben, denn sie luden mich spontan ein, mit ihnen zusammen sechs Sommer-Wochen in einem gemieteten Haus außerhalb *Ibiza-Stadt* zu verbringen.

Als sei das nicht schon genug, fügte Ulli dann noch hinzu, dass er auf Ibiza einen Krimi für mich schreiben und einen zu mir passenden Star engagieren werde: Er denke da an ein Kaliber wie den *Götz George*.

Als Dankeschön sprang ich vom Stuhl auf und gratulierte den beiden Lommels, mit mir diese Zeit auf Ibiza zu teilen: „Ich verspreche euch, dass wir uns dort nicht als Touristen langweilen werden!"

Einen Tag vor unserem Abflug rief Ulli an, dass seine Frau Katrin gerade eine tolle Rolle in einer internationalen Film-Produktion mit den Stars *Curd Jürgens* und *Jean Gabin* in Paris drehe.

In Frankreich hieß das Werk „Le jardinier d'Argenteuil".

Ulli fragte mich, ob es okay sei, wenn Henri-George de Beaumarchais mitkäme. Mir wäre im Traum nichts Besseres eingefallen, als mit Henri-George auf Ibiza einen Krimi-Kurzfilm zu drehen: mit Laiendarstellern, die uns verzaubern würden.

Buon giorno, Jeff – Location: unser Espresso-Eck.
(Fotoarchiv)

Im Ibiza-Haus selbst war Folgendes schnell geklärt: Ulli schrieb tagsüber auf der oberen Dachterrasse an seinem *„Drehbuch für Jeff"* und brauchte ansonsten nichts anderes als einen kleinen Raum zum Schlafen. Henri-George und ich waren ebenfalls mit zwei kleinen Zimmern zufrieden, zu denen noch das Espresso-Eck gehörte.

Eröffnet haben wir Filmer unsere Arbeitsferien auf Ibiza in einem Strandrestaurant – natürlich mit dem spanischen Nationalgericht Paella.

Der Duft nach frischem Fisch und Safran erinnerte mich dabei an all meine jugendlichen Sommertrips an die französische Küste, meist um den Ort Antibes herum, wo ich mit Freunden wochenlang dem Strandfußball meinen Respekt zollte.

Auf all diesen Abenteuerreisen war der wasserdichte Schlafsack unser super Côte d'Azur-Hotel und unser täglich variierendes 5-Gänge-Menü das *„Baguette mit Salami und Peperoni …"*

Nun aber schnell wieder zurück nach Ibiza.

Noch in derselben Nacht organisierte Ulli seine wichtigen Künstler-Dates für die nächsten sechs Wochen: Schauspieler und Regisseure treffen, den Text für eine Hauptrolle in einer Komödie für die große Leinwand auswendig lernen und das Drehbuch für *Jeffs Krimi mit Götz George* schreiben.

Henri-George und ich spazierten schon am nächsten Morgen in ein riesiges Café, um dort unter anderem nach geeigneten Charakteren für unseren Krimikurzfilm von 10 bis 15 Minuten Laufzeit Ausschau zu halten.

Zwischendurch schrieb ich die Geschichte und nach etwa fünf Tagen hatten wir den gesamten

Cast im Sack: Gage für unsere teilweise faszinierend spielenden Laiendarsteller*innen war unser fertiger Film.

Nach anstrengenden Drehtagen gönnten wir uns den ersten drehfreien Tag, um auch mal den Strand samt Meer genießen zu können.

Dort angekommen, fiel mein Auge sofort auf ein Rudel junger Netzfußballer, die mehr oder weniger sinnentleert versuchten, ihren Ball irgendwie übers Netz in die andere Hälfte der Spielfläche zu befördern.

Nach einer kurzen Teambesprechung zeigte ich den Jungs einige in Europa sehr selten performte Netzfußballer-Tricks, die man eigentlich nur an der *Copacabana* in Rio de Janeiro bestaunen kann, also weit weg von Ibiza.

Da mein Freund und ich natürlich auch heute unsere Film-Checkliste angucken mussten, sagten wir den Jungs nach geschätzten 30 Minuten: „Ci vediamo di nuovo", was so viel heißt wie: „Bis zum nächsten Mal."

Erschöpft vom intensiven Kicken und den bisherigen Dreharbeiten versuchten wir ein kleines Nickerchen abzuhalten, um danach wieder mit voller Power die nächsten Drehtage angehen zu können.

Es schien so, als hätten wir uns schon lange vom lauten Strandgetöse verabschiedet, als ohrenbetäubender Lärm den gesamten Strandabschnitt verhexte.

Da Henri-George und ich noch halb im Jenseits weilten, mussten wir erst mal unseren Augen eine kräftige Massage gönnen, sodass sie dem tobenden Ereignis um uns herum folgen konnten.

Was wir zuerst nur schemenhaft erkannten, war ein Schwarm von vielleicht zwei Dutzend junger, auffallend langbeiniger Frauen, gefolgt von ein paar sich nicht so wendig bewegenden männlichen Gestalten, die alle einer besonderen Art von *Fata Morgana* hinterher hetzten.

Info: *„Fata" ist die italienische Bezeichnung für „Fee", bekannt von dem Begriff Fata Morgana, eine Luftspiegelung, die hin und wieder in Wüstengebieten vorkommt und Menschen Dinge sehen lässt, die nicht vorhanden sind.*

Geistesgegenwärtig riss mein Freund sein Fernglas aus dem Rucksack und kommentierte im Stil eines leicht verrückt gewordenen brasilianischen Fußballreporters das, was ihm da geboten wurde:

„Amici, was ich hier sehe oder auch nur schemenhaft erkennen kann, ist eine gnadenlose Verfolgungsjagd zweier weiblicher Gruppen, wobei die erste Gruppe nur aus einer einzigen Person besteht, die allerdings, wie es den Anschein hat, einen Tick beweglicher auf ihren langen Beinen unterwegs ist als die doch bestimmt um die zwei Dutzend Verfolgerinnen.

Ich tappe noch völlig im Dunkeln, was sich da vor meinen Augen gerade abspielt ...

Oh la la – endlich durchschaue ich deren Spiel, das nichts anderes ist als ein Wettrennen auf ein circa 25 Meter langes Segelboot.

Ja, das ist es! Es gewinnt gerade keine andere als die mir sehr nordisch erscheinende junge Frau mit ihrer wogenden, naturblonden Haarpracht.

Allerdings habe ich keinen blassen Schimmer, um was es bei diesem Spektakel wirklich ging.

Verbindlich kann ich sagen, dass das imposante Segelboot keine der jungen Damen zurückließ!"

Auf jeden Fall hatte unser gesamter Strandabschnitt ein *Spettacolo italiano* miterleben dürfen, das man selbst auf Ibiza selten zu Gesicht bekommt.

Wer kann es jungen Filmern verübeln, ein solch unerwartetes Event mit einem ihrer mediterranen Lieblingsfilme in Verbindung zu bringen, der da heißt: „Dieses obskure Objekt der Begierde".

Originaltitel: „Cet obscur objet du désir", ein französisch-spanisches Drama aus dem Jahr 1977 und zugleich der letzte Film des Regisseurs Luis Buñuel.

Das Drehbuch geht auf den 1898 erschienenen Roman *„La Femme et le Pantin"* zurück – in Deutsch: *„Das Weib und der Hampelmann"*. Später erst entstand der Titel: „Dieses obskure Objekt der Begierde" von Pierre Louÿs.

Danach waren wir mit Ulli in einer pittoresken Bodega am Hafen verabredet, um dann zu irgendeiner Stunde gemeinsam zu unserem Haus zurückzukehren. Als wir dort eintrafen, war uns sofort klar, dass wir unseren Freund noch nicht stören konnten: Zu dynamisch war das französische Palaver, das uns schon am Eingang empfing.

Wir nahmen zwei Stehplätze an der Bar mit direktem Blick aufs Meer und dem französischen Geräuschpegel in den Ohren.

Gerade hatte ich meine erste Zigarette des Tages angezündet, als ich ein leichtes, zartes Klopfen an meiner rechten Schulter wahrnahm, mich verwundert umdrehte, um in ein mit wenigen bunten Sternchen geschmücktes Gesicht zu blicken.

So was sieht man selten, dachte ich da im ersten Moment. Aber halt – ist das nicht dieselbe naturblonde Löwenmähne, deren Besitzerin vor Stunden dies uns allen immer noch rätselhafte Verfolgungsrennen hinein in das beeindruckende Segelboot gewonnen hatte?

Völlig überrascht hätte ich fast ihre bescheidene Frage nach Feuer vergessen, zückte schwungvoll meine Streichhölzer und während ich ihre Zigarette anzündete, ließ ich sie Folgendes wissen: „Sei mir bitte nicht böse, wenn ich dir sage, dass du mit 100-prozentiger Sicherheit die Siegerin des heute Nachmittag ausgetragenen Wettrennens zu dem großen Segelboot am Strand von ‚Es Pou des Lleo' warst!"

Diese Aussage traf sie mitten ins Herz, und sie antwortete bewegt: „Habt ihr das alle wirklich mitbekommen?"

Fast in einem Atemzug antworteten Henri-George und ich mit einem lang gezogenen *Jaaa*.

Worauf sie lächelte und anfing uns ihre Nachmittagsgeschichte, die den Strand in Ekstase versetzt hatte, zu erzählen.

In diesen Moment hinein wollte Ulli gerade an uns vorbeitorkeln, was übrigens niemanden im Geringsten irritierte, denn auch mich hätten um die 30 rotweinerprobte Filmschauspieler*innen und Regisseur*innen aus Paris in einen torkelnden Zustand manövriert.

Ich flüsterte Henri-George ins Ohr: „Nimm Ulli am Arm und ab ins Taxi! Ich komm dann nach, okay!"

Das alles dauerte eine Sekunde und ohne weitere Verzögerung erfuhr ich die komplette Geschichte dieser jungen Frau aus Amsterdam namens Henriette, die seit Jahren den Sommer mit und bei einem spanischen Architektenehepaar samt deren Kindern verbrachte.

Henriette war die oder eine Agentin der großen Theatercompany *Toneelgroep Centrum* – heute: Stadsschouwburg Amsterdam – mitten im Herzen von Amsterdam und verkaufte deren Theateraufführungen nicht nur an die Städte ihres Landes, nein, auch kleinste Orte in den Niederlanden, so sie denn geeignete Bühnen bereitstellten, kamen in den Genuss der großen Schauspielkunst aus ihrer Hauptstadt.

Dieses Jahr stellte Henriettes ibizenkische Planungen auf den Kopf, denn schon Tage nach ihrer Ankunft auf Ibiza kam alles anders als gedacht.

Henriette und Freunde saßen mal wieder in ihrem Lieblingscafé, als der Besitzer an ihren Tisch kam und sie fragte, ob sie einen Moment Zeit habe, um mit dem Trainer des lokalen Beachvolleyballteams zu sprechen.

Apropos: Henriette spielte dieses Spiel seit Jahren aus purer Freude und hatte nie vor, je auch nur einmal in einem Verein auf Punktejagd zu gehen.

Henriette in action. *(Bild: pixabay.com)*

Während des Gesprächs überzeugte sie der Trainer dieses kleinen Clubs auf Ibiza, in seinem Team als

Gastspielerin bei deren Premierenturnier mitzuspielen. Er erzählte ihr, dass er sie letztes Jahr ein einziges Mal am Strandabschnitt *Las Salinas* habe spielen sehen und vor Begeisterung fast geplatzt sei.

Lange Rede, kurzer Sinn: Das Henriette-Märchen nahm seinen Lauf und des Trainers Team, angeführt von seiner überragenden Powerhitterin aus Amsterdam, gewann vor bestimmt 2.000 Zuschauern aus aller Herren Länder das superb organisierte und charmant durchgestylte Turnier in überragender Manier.

Henriette wurde als beste Spielerin des Turniers ausgezeichnet. Natürlich freute sie sich darüber riesig, aber mehr für ihre Mitspielerinnen als für sich selbst.

Und das, was wir als Nachmittags-Spektakel erleben durften, war das Geschenk des Clubs an das gesamte Team:

Eine Art von Hindernis-Verfolgungsrennen auf ein circa 25 Meter langes Segelboot, wobei die Siegerin das Recht erwarb, eine geschlagene Stunde als Steuerfrau das Ruder zu führen. Das mag sich jetzt etwas verrückt anhören, war aber eine außergewöhnliche Gaudi, die das gesamte Damenteam samt Betreuer bestimmt nie wieder erleben würden.

Die relativ kurze Zeit mit Henriette verzauberte uns Freunde derart, dass Ulli nach ihrem Abflug nach Amsterdam diesen epochalen Satz in den Kosmos entließ: „Mir kommt es vor, als sei die Sonne aus unserem Haus verschwunden!"

Am Vortag unserer Abreise sind wir drei – Ulli, Henri-George und ich – noch mal zum Strand aufgebrochen, um uns gemeinsam vom Meer zu verabschieden. Wir hatten Glück, ein seltenes Schauspiel erleben zu dürfen: Denn das große Wasser lag spiegelglatt vor uns, gerade so, als wolle es die Menschen einladen, Spaziergänge in die Unendlichkeit zu unternehmen.

Apropos: Als ich dieses Schauspiel in mich aufnahm, erinnerte es mich an einen beginnenden Spätsommertag in der Nähe von Rimini, an dem die Sonne schon früh am Nachmittag sehr tief stand und ich neben zwei älteren Italienern zu stehen kam, um mich von diesem wunderbaren Satz verzaubern zu lassen:

„Che vista rara: il mare è come l'olio" – „Welch ein seltenes Schauspiel: Das Meer liegt da wie Öl."

Am Tag unserer Abreise lag Ullis „*Drehbuch für Jeff*" schon früh morgens auf dem Küchentisch – obenauf ein abgerissener Zettel mit diesem Titel:

(Fotoarchiv)

„Tödlicher Poker" - Ab in die Tonne

Regie: Ulli Lommel

Hauptrollen: Götz George und Jeff Roden

Kamera: Michael Ballhaus

Drehort: West-Berlin

Mini Synopsis:

Für seine kriminellen Machenschaften wird ein kleiner Gauner (Jeff) hart bestraft.

Jeff Roden (Jeff Parc) in „Tödlicher Poker". *(Fotoarchiv)*

Bis zum heutigen Tag ist der Film „*Tödlicher Poker*" das größte Desaster meines gesamten Filmschauspieler-Daseins!

Warum?

Nun, es kommt wohl nicht allzu häufig vor, dass ein schon landesweit bekannter Künstler, in meinem Fall der Ulli Lommel, einem noch jungen unbekannten Theaterschauspieler aus der Provinz eine faszinierende Rolle in einem Krimi für die große Leinwand auf dem silbernen Tablett serviert.

Schon während unseres ersten Sehens in München ließ Ulli mich wissen, dass er ein Drehbuch mit mir in der Hauptrolle schreiben und dazu einen passenden Schauspieler aus dem Hut zaubern werde.

Als er dann das „Drehbuch für Jeff" in unseren gemeinsamen Wochen auf Ibiza schrieb, konnte ich es kaum fassen, was da um mich herum passierte.

Wieder in Deutschland zurück, Ulli spielte inzwischen eine Hauptrolle in einer dann sehr erfolgreichen Komödie, erfuhr ich peu à peu, dass *Götz George* mein Partner in unserem „*Tödlichen Poker*" sein wird und *Michael Ballhaus* unser Kameramann.

Götz George war damals einer der führenden Schauspielerköpfe in Deutschland und Michael Ballhaus avancierte mit den Jahren zu einem der gefragtesten Kameramänner Hollywoods.

Mit zwei so wunderbaren Künstlern und gleichzeitig auch liebenswerten Menschen zusammengearbeitet zu haben, wird mir unvergesslich bleiben.

Als Kollege einen Götz George an seiner Seite zu wissen, war Erlebnis pur. Wann immer ich Rat brauchte, er war an meiner Seite und erklärte mir haargenau „was Sache ist."

Ich erinnere mich noch an eine Szene, in der wir beide unter der laufenden Dusche einen ziemlich intensiven Ringkampf austrugen, der damit endete, dass unser gesamtes Team Götz und mir applaudierte.

Okay, bei Götz wusste jeder, dass er viele seiner Stunts selber performte, aber auch ich hatte damals schon vier volle Jahre meines Jiu-Jitsu-Selbstverteidigungsprogramms hinter mir: Das passte!

Hat ein Film einen Schauspieler wie Götz George an Bord, reibt sich natürlich jeder Filmverleiher die Hände, diesen Streifen dann in die Kinos bringen zu können.

Dazu kam es leider nie!

Irgendwelche Leute innerhalb oder vielleicht auch außerhalb unserer deutsch-französischen Koproduktion mussten gravierende Fehler gemacht haben, sodass man unseren Film, der ja fast schon zu Ende gedreht war, von heute auf morgen in die Tonne warf!

Die Welt nicht mehr verstehend, saß ich stundenlang wie paralysiert am Steuer meines alten Autos, um irgendwann total übermüdet dort zu landen, wo mich keiner rauswerfen konnte: in meinem eigenen Bett.

PS:

Auch mein Freund Ulli Lommel, unser Regisseur, erwähnte diese Katastrophe in seinem *Buch:* „Zärtlichkeit der Wölfe".

(Bild: pixabay.com)

„Wachtmeister Rahn" -
Mehr RETRO geht nicht!

Jeff Roden (Jeff Parc) links im Bild. *(Point Film GmbH)*

Da unser „Tödlicher Poker" mit Götz George und Jeff in den Hauptrollen kurz vor der Ziellinie seinen Film-Geist aufgab, sollte unser „Wachtmeister Rahn" so etwas wie ein Ersatzfilm werden.

Inhalt: „Der Film erzählt die Geschichte eines Polizisten namens Rahn und wie es dazu gekommen ist, dass er mit Verbrechern gemeinsame Sache machte. Rahn bekommt vor Gericht mildernde Umstände, muss aber trotzdem für Jahre in den Bau.

Hans Zander spielt Ernst Rahn, Wachtmeister eines Münchner Innenstadtreviers, der auf einer seiner spätabendlichen Streifen scheinbar aus Notwehr auf zwei Kleinkriminelle schießt. Als einer der beiden Angeschossenen wider Erwarten aus dem Koma erwacht, verliert Rahn die Fassung."

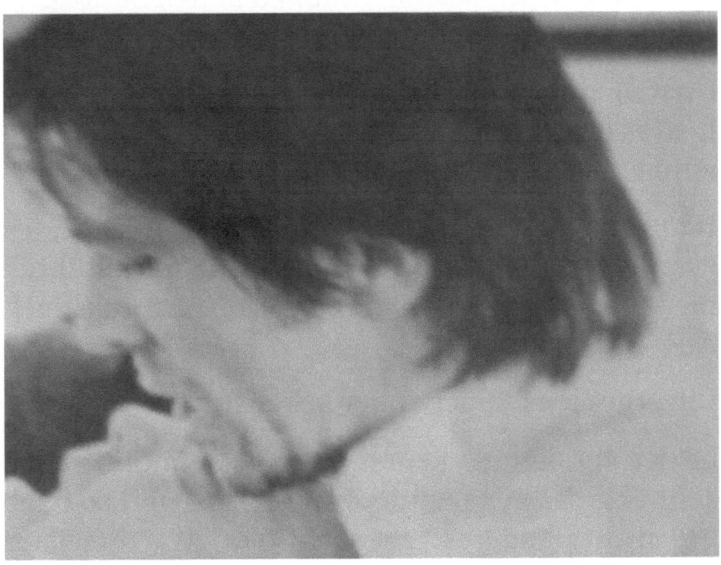

Jeff Roden (Jeff Parc) erpresst den Polizisten Rahn
(Point Film GmbH)

91

Unsere Filmclique vom Psychokrimi mit dem nicht gerade betörenden Titel „Wachtmeister Rahn" war mal wieder auf Schauspielersuche. Stand so ein Event im Raum, gings oft in einige der angesagten Münchner Künstlerkneipen.

Dort angekommen stieg die Nervosität des sich selbst feiernden Volkes.

Da werden einige mit Recht fragen dürfen: „Wie ist das denn zu verstehen?"

Nun, München war zu dieser Zeit der Dreh- und Angelpunkt des *Neuen Deutschen Films*, zu dem ja auch das Meisterwerk meines Freundes Ulli Lommel mit dem Titel „*Zärtlichkeit der Wölfe*" zählt.

Und Schwabing, im Norden von München gelegen, war zu meiner jungen Zeit der Stadtteil der Künstler und Bohème: sowohl draußen in den Straßencafés als auch tief unten in den stylischen Clubs.

Überall dort war das erklärte Ziel vieler, lieber heute als morgen seinem eigenen Porträt öffentlich applaudieren zu können ...

Heute noch sehe ich die gerammelt vollen Cafés auf der Leopoldstraße in Schwabing mit all ihren meist jugendlichen Akteuren vor meinem geistigen Auge.

Unvergessene Bilder voller Lebensfreude ...

Leider sprang uns kein großer Fisch ins finanziell sehr engmaschige Entdeckungsnetz – und so blieb Ulli nichts anderes übrig, als den „Wachtmeister Rahn" mit einem Cast auszustatten, der das Who is Who seines Bekanntenkreises widerspiegelte.

Unsere gar nicht so liebenswerte Geschichte konnten wir aus vielerlei Gründen auch erst im dritten Anlauf realisieren. Ein ernsthafter Grund war unser Budget, dass sage und schreibe aus ziemlich exakt 20.000 DM bestand.

Dies Frühwerk unseres Schaffens geriet dann auch noch zum Flop und anschließend in Vergessenheit.

Doch aufgepasst: „Wachtmeister Rahn" ist in cinephilen Kreisen längst wiederentdeckt – und war im Juni/Juli 2021 kostenfrei auf der Website des *„Zeughauskino Berlin"* zu sehen.

Aus Wikipedia:

„Das Zeughauskino ist ein nichtkommerzielles Kino in Berlin. Es ist Teil des Deutschen Historischen Museums und ist im Zeughaus untergebracht. Es ist neben dem „Arsenal" das wichtigste Programmkino Berlins."

„Wachtmeister Rahn" böllert, was das Zeug hält
(Point Film GmbH)

Jeff beim Überfall auf einen Geldtransporter.
(Point Film GmbH)

„Zärtlichkeit der Wölfe" – Ein Kultfilm

Begegnung mit Rainer Werner Fassbinder

(Fotoarchiv)

Unser im Jahre 1973 gedrehter Film lief im Jahre 2005 erneut in Paris im *Centre Pompidou*:

La Tendresse des loups de Ulli Lommel – vostf avec Kurt Raab / Jeff Roden / Ingrid Caven / Rainer Werner Fassbinder *(Fotoarchiv)*

Wohl durch den berühmten Zufall erspähte ein Kameramann und gleichzeitig enger Freund vom Regie- und Schauspielerstar *Ulli Lommel* meine im Grunde doch recht günstig gemachten Portrait-Bildchen in einer kleinen Münchner Filmproduktion, plauderte dann mit seinem Freund Ulli darüber – und lud mich nach München ein.

Unser Treffen dort war schon eine Zeit lang Geschichte, als Ulli mich in Amsterdam anrief, um mir mitzuteilen, dass sein Freund, der Superstar seiner Zeit, *R.W. Fassbinder*, mich in Paris gerne persönlich sehen wolle.

Ich antwortete: „Sehr gerne, nur mir fehlt aktuell die Kohle, um kurzfristig in Paris aufzukreuzen."

Meine Theatereinkünfte beliefen sich zu dieser Zeit auf monatlich 500 Piepen!

Der Flug wurde gesponsert und unser Treffen in einem Café auf Montmartre dauerte einen Espresso lang, wobei Herr Fassbinder das Wort „Film" gar nicht erwähnte. Kurz bevor er gehen musste, sagte er cool zu mir: „Jeff, wir seh'n uns in Deutschland wieder." Fassbinder war enteilt und Ulli schaute mich lächelnd an: „So schnell kanns gehen, Jeff!"

Ich hatte die Rolle und der in ganz Europa umjubelte Filmemacher R.W. Fassbinder kannte mich nun auch schon unter meinem Künstlernamen *Jeff Roden*, den Ulli und ich gemeinsam kreiert hatten.

Auf dem Heimflug fragte ich mich, was ein Krimiliebhaber in einem expressionistischen Vampirfilm zu suchen hatte – und gab mir die Antwort dazu gleich selbst: *„Bestimmt nicht viel, aber besser als gar keinen Film zu drehen."*

Und so kam es, dass ich während des Fluges *Paris – Amsterdam* einnickte und davon träumte, mir in meinen Filmklamotten eine Zigarette anzuzünden und darüber nachzudenken, ob meine Rolle inmitten all der Stars vielleicht doch gefährlicher zu spielen sein würde, als mal auf die Schnelle in einer Drehpause ein italienisches Schokoeis zu lutschen.

Jeffs Traumsequenz: auf dem Flug von Paris nach Amsterdam. *(Fotoarchiv)*

Dann war es endlich da: das Drehbuch von „Zärtlichkeit der Wölfe" – samt dem Cast:

Kurt Raab: Fritz Haarmann (der Vampir)

Jeff Roden (Jeff Parc): H. Grans

Margit Carstensen: Frau Lindner
Hannelore Tiefenbrunner: Frau Bucher
Wolfgang Schenck: Inspektor Braun
Rainer Hauer: Inspektor Müller
Rainer Werner Fassbinder: Wittowski
Barbara Schrein: Wittowskis Freundin
Tana Schanzara: verwirrte Mutter
Heinrich Giskes: Lungis
Friedrich Karl Praetorius: Kurt Fromm
Rosel Zech: Dame an der Tür
Ingrid Caven: Dora
Jürgen Prochnow: erster Hehler
Brigitte Mira: Louise Engel
El Hedi ben Salem: französischer Soldat
Hans Hirschmüller: Fahrradverkäufer
Karl Scheydt: Polizeikommissar

Als ich die Besetzungsliste las, dachte ich nur: „Au weia – Jeff im Haifischbecken der Stars und Superstars!"

Angeführt vom genialen Komödianten Kurt Raab, der den Serienkiller Fritz Haarmann spielte, bis hin zu den fantastischen Frauenrollen, besetzt u. a. mit der faszinierenden Brigitte Mira, war unser Film in toto ein Fest für Schauspieler.

Ich spielte den Angestellten des von Kurt Raab verkörperten Vampirs, sprich die mehr oder weniger zweite Hauptrolle des Films: im weißen Anzug samt weißer Schuhe.

Kurzer Inhalt: „Der Gauner Fritz Haarmann, ein ehemaliger Metzger, gerät in die Fänge der Polizei und wird zu Spitzeldiensten im Milieu gezwungen. Die Beamten ahnen nicht, dass sie in dem unscheinbaren Haarmann den fieberhaft gesuchten Mörder bereits vor sich haben."

Jeff ist fassungslos, als bekannt wird, dass Haarmann der schon lange gesuchte Vampir ist:

Jeff *(Fotoarchiv)*

Von professionellen Filmdrehs hatte ich zu dieser Zeit noch nicht allzu viel Ahnung.

Sehr neugierig las ich das Drehbuch innerhalb kurzer Zeit und ja, was soll ich sagen, es war bestimmt nicht die Sorte Film, die ich liebte, nein, gar nicht, denn es war schlichtweg eine Art Horror- oder Vampirgeschichte.

Wer das Filmgeschäft kennt, weiß, dass so eine Aktion, einen Unbekannten ins Haifischbecken der Stars zu werfen, nicht alltäglich zu nennen ist.

Wieso?

Na ja, Ulli musste sich schon einiges anhören, nachdem meine Besetzung für den Film auch beim letzten männlichen Schauspieler angekommen war. Denn dieser hatte augenscheinlich keine Lust zu kapieren, dass der Regisseur mich vorschlug und der Superstar R.W. Fassbinder ohne weitere Diskussion sein Okay gab.

Natürlich ging dieser auch noch junge Schauspieler zu weit, als er dann immer noch rumjammerte: „Den Jeff Roden kennt doch keine Sau im Land!"

Hut ab: Der Typ war zumindest schon mal bestens informiert ...

Dann war ich da, in Bochum und im gemieteten Haus von Rainer Werner Fassbinder: Ohne Begrüßungszeremonie oder Ähnliches, lediglich irgendwer zeigte mir ein Zimmer, dass ich aber schon Tage später gegen ein Hotelzimmer in Gelsenkirchen umtauschte.

Beim Abendessen erfuhr ich dann von Ulli, dass die ganze Fassbindertruppe tagtäglich am Schauspielhaus Bochum für das Stück „Bibi" von Heinrich Mann probte, in dem Ulli den Bibi spielte.

Ich begriff staunend, dass ich hier auf die Spitze der Schauspielkunst traf, für die es wohl eine Selbstverständlichkeit war, auf der einen Seite am Theater zu proben und auf der anderen Seite einen Film zu drehen, der nur wenige Zeit später auf einem der größten Filmfestivals der Welt, der Berlinale in Berlin, als *offizieller deutscher Wettbewerbsbeitrag* laufen würde.

Über meine Rolle oder eventuelle Proben mit Kollegen wurde kein Wort verschwendet, immerhin hatte Ulli mir ja das Drehbuch nach Amsterdam geschickt.

Und um ehrlich zu sein: Mir reichte diese probenlose Situation erst einmal für meine Rolle: „Was hat man davon, wenn man schon vorher weiß, was passiert? Ich entdecke das lieber Tag für Tag, nicht anders als die Filmgestalt."

Spät in der Nacht stieg ich in mein Bett und träumte dort bestimmt von nichts anderem als von meiner bald beginnenden, ersten großen professionellen Filmrolle überhaupt.

Jetzt lag es an mir, mich dieser Herausforderung zu stellen und meine Rolle innerhalb dieser Star-Veranstaltung cool über die Bühne zu bringen.

Die Zeit, in der unser Film spielte, war die sogenannte Nachkriegszeit, in der keiner was hatte und in der ich als modisch orientierter Angestellter eines Vampirs die Hinterhofgegenden in Gelsenkirchen nach weggeworfenen Fahrrädern und Krimskrams abklapperte.

Welch ein Kontrast.

Was wir zu spielen hatten, war ein Duo, das mit kleineren Gaunereien seinen Lebensunterhalt verdiente, wobei ich mein verdientes Geld mit der aparten Damenwelt verprasste, während Fritz Haarmann Dinge trieb, von denen keiner so richtig wusste, was dahintersteckte.

Jeff, der kleine Gangster-Charmeur. *(Fotoarchiv)*

Mit diesem Rollenwissen erschien ich dann zu meinem ersten professionellen Drehtag für einen Spielfilm, der aufgrund des Namens unseres Produzenten *Fassbinder* schon in aller Munde war.

Von uns am Drehort wurde nichts anderes erwartet, als Höchstleistungen abzuliefern.

Das sah unser Hauptdarsteller genauso und stoppte mich gleich mal bei meinem ersten Text mit den Worten: „Ulli, so wie der Jeff hier spielt, das geht ja gar nicht!"

Ja, wie, fragte ich mich da spontan – hatte der Provinzkomödiant Jeff hier schon bei seinem ersten Text versagt, und wenn ja, warum?

Selbst wenn, was ich mir nicht vorstellen konnte, musste man sich dann postwendend in einen Westernhelden verwandeln, um seine Munition gnadenlos auf einen jungen Kollegen abzufeuern?

Eigentlich lächerlich, aber so geschehen.

Ich hatte eine ganz andere Idee, die mir sagte, dass dieser glänzende Schauspieler mich vom Acker jagen wollte, um seinen Kumpel in meinen weißen Anzug zu stecken.

Während der allerersten Filmszene war so ein Schachzug ja vielleicht noch möglich.

Okay, Ulli rief uns beide in einen anderen Raum, wo ich dem Star auf der Stelle anbot, ab sofort beide Rollen zu spielen: also seine und obendrauf auch noch meine.

Exakt nach dem alten Motto: „Verarschen kann ich mich selber am besten!"

Ulli regelte dieses Gezerre und wir spielten unsere Rollen dann doch noch konzentriert und halbwegs friedlich zu Ende.

Was mich Tage später erstaunte, war die Aussage unseres Bosses, Herrn Fassbinder, der zu mir sagte:

„Jeff, du spielst demnächst eine der vier Hauptrollen in meinem neuen TV-Zweiteiler *Welt am Draht*."

Aus irgendwelchen Gründen klappte es mit der angesagten Rolle für Jeff dann doch nicht.

Den Grund hinterfragte ich nie.

„Zärtlichkeit der Wölfe" lief dann als offizieller deutscher Festivalbeitrag auf den Internationalen Filmfestspielen in Berlin, der *Berlinale*.

Die Aufführung vor 1.000 Zuschauern im *ZOO-Palast* wurde nur gestört durch einen damaligen Starkritiker, der bei der ersten vampiraffinen Szene anfing, Amok zu laufen und in Sekundenschnelle die Hälfte der Zuschauer hinter sich wusste.

Diese dann von mir geschätzten 501 Zuschauer schrien den Skandal förmlich herbei.

Hinzufügen sollte ich noch, dass *„Die Zärtlichkeit der Wölfe"* trotzdem oder vielleicht ja auch gerade wegen der vielen Buh-Rufe und dem lautstarken Gekreische auf der Premierenvorstellung in Berlin ein Kassenerfolg wurde.

Der Film landete an den deutschen Kinokassen unter den Top 3!

Das Rennen um die weltweite Gunst des Publikums begann danach in *Paris*, wo der Film über ein Jahr lang in zwei Kinos auf der Prachtstraße *Avenue des Champs-Élysées* lief und dort in Frankreich zu den *Les Grande Films Classique* – also zu den großen Filmklassikern – gezählt wird!

Während dieser Zeit war Ulli natürlich sehr oft in Paris, lernte Anna Karina, einen dänischen Filmstar und frühere Frau vom französischen Meisterregisseur Jean-Luc Godard kennen, drehte mit ihr umgehend und ungezwungen in Südfrankreich einen Film mit dem Titel „Ausgerechnet Bananen", um direkt danach für Jahre in Paris zu leben.

Ich werde nie vergessen, wie Ulli mich bestimmt jede Woche einmal anrief, um seinen Freund mit aufregenden Erzählungen nach Paris zu locken.

Ob meine Entscheidung, Amsterdam die Treue zu halten, richtig war, wird wohl ewig unbeantwortet bleiben.

Ulli für sich und ohne seinen Freund Jeff tat das absolut Richtige, alleine schon deshalb, da sowohl er als auch seine Freundin Anna Karina riesige Erfolge im filmverrückten Frankreich feierten.

Um sich den Unterschied zwischen Paris, eine der großen Filmmetropolen der Welt und den meisten deutschen Städten mal vor Augen zu halten: *„Zärtlichkeit der Wölfe"* lief wenige Wochen in einer international aufgestellten Großstadt Deutschlands – dagegen über ein Jahr in zwei Kinos mitten in Paris!

Welch ein Filmregisseur wohnt da nicht bevorzugt in Paris?

PS:

Der Regisseur von „Zärtlichkeit der Wölfe" – Ulli Lommel - schreibt in seinem gleichnamigen Buch auf Seite 182/183:

Meine damalige Regieassistentin, die gerade einen Film in Paris beendet hatte, erkannte sofort Jeff Rodens (Jeff Parc) Charisma und sagte zu mir: „Der Jeff Roden und der Kurt Raab, die wären nach diesem Film schon lange Stars in Frankreich."

Jeff: „Vive la France! Vive Paris!"

(Bild: pixabay.com)

Zwei Bilder aus „Zärtlichkeit der Wölfe":

Jeff mit Kurt Raab beim Fahrradverkauf. *(Fotoarchiv)*

Der Angestellte Jeff mit dem Hauptdarsteller auf Rundgang im Revier. *(Fotoarchiv)*

War Hollywood wirklich so nah?

Kommt *Ty Hardin* oder kommt er nicht? Denk-
spiele vor dem Start zu einem
Low-Budget-Film.

(Bild: pixabay.com)

Zwei Stars des internationalen Films – *Ulli Lommel*
und *Ty Hardin* – auf dem Sprung, zusammen einen
Film zu drehen.

Angaben aus der Internet Movie Database (IMDb):
Ty Hardin, Schauspieler in 47 Filmen:

Ty Hardins Karriere war eine der Inspirationen für
den Autor und Regisseur *Quentin Tarantino* betref-
fend der Figur, die Leonardo DiCaprio in „Once U-
pon a Time in Hollywood" (2019) spielte.

Es war einmal eine Zeit, in der die große Stadt *Berlin* geteilt war: in West- und in Ost-Berlin.

Während dieser Periode trafen sich in einer prächtigen Villa direkt am Wannsee in West-Berlin, seit 1962 Sitz des *Literarischen Colloquiums Berlin,* drei befreundete junge Männer, um gemeinsam einen Thriller vorzubereiten.

Die drei Freunde waren der Regisseur *Ulli Lommel und* sein seit Jahren treuester Begleiter *Henri-George de Beaumarchais* – sowie ein junger Theaterschauspieler aus der Provinz: *Jeff Parc.*

Ty sollte in etwa 6-8 Wochen hier eintrudeln, und wir hatten zum damaligen Zeitpunkt noch keinen einzigen (Film-) Drehort sicher.

Spätestens jetzt wurde uns klar, dass einer der *drei Musketiere* sich an die harte Arbeit machen musste, um alle benötigten Drehorte *kostenlos* an Land zu ziehen.

Eine Herkulesaufgabe, für die Ulli seinen Freund *Jeff* nominierte.

Das war auch gut so, denn Ulli hatte wohl mehr geahnt als gewusst, dass sein Freund Jeff nicht nur seine Birne in die Kamera halten wollte, um dann in all den freien Stunden, die nun mal ein Filmschauspieler während seiner Drehtage hat, Däumchen drehen zu können!

Und genau so straight ging ich meinen Job in Berlin an. Mein erster Gang sollte mich direkt in ein 5-Sterne-Hotel auf dem Kurfürstendamm führen.

Bevor ich mich auf den Weg zu den Direktoren dieses Luxushotels machte, schlug ich Ulli vor, eine Pressemappe voller Bilder mit Ullis und Ty Hardins bisher spektakulärsten Taten als schauspielernde Stars zusammenzustellen, um diese dann all den Drehortbossen vor die Nase halten zu können.

Seht her, WER hier bei euch das ganz große Hollywood-Kino aus der Kiste zaubert – es ist Niemand anderes als unser Hollywood-Star *Ty Hardin*, der gerade die Django-Welt erdumkreisend begeisterte, in dem er im Streifen mit dem Titel: *"Django: Der Tag der Abrechnung"* eine Hauptrolle spielte.

Und was soll ich ihnen sagen: die Bosse all der Drehorte, die ich in den nächsten Tagen besuchte, liefen „heiß" – alle wünschten sich nichts sehnsüchtiger, als *Ty* schon morgen begrüßen zu dürfen. Nachdem ich diesen ersten großen Stolperstein, „Drehorte auf lau zu rekrutieren" aus dem Weg geräumt hatte, fragte ich unseren wagemutigen Filmhelden Ulli, ob er schon wisse, wann Ty denn nun hier einflöge?

Ulli bewegte leicht lächelnd den Kopf, was mir illustrierte, dass Low-Budget-Filme manchmal wohl nicht wirklich ernst genommen werden und im Grunde auch nichts anderes sind als außergewöhnlich schillernde Wundertüten, in denen sich oft nur weiße Knallerbsen befinden …

So was Ähnliches hatte ich mir schon gedacht. Die Erinnerung daran kam wieder hoch, als ich mir vor Kurzem die Filmvita von *Ty* noch mal ganz genau anschaute und mich dabei selbst fragte: Kommt einer der Hauptdarsteller in einem Django-Film aus dem sonnigen Südkalifornien ins graue West-Berlin geflogen, um sich seinen eh schon arg misshandelten Westernheldrücken noch mehr zu schädigen?

Wir beschlossen während eines coolen Krisengipfels sehr schnell, den *Ty* mal anzurufen, um damit vielleicht Klarheit zu erhalten, ob er schon über dem Atlantik in Richtung Europa unterwegs war oder ob er gerade zusammen mit seiner Frau nach der Welle Ausschau hielt, die ihnen den richtigen Nachmittagsspaß bescherte.

Und siehe da, Ty Hardins Frau war direkt am Telefon und happy, dass Ulli endlich anrief!

Warum denn das?

Nun, die Hardins versuchten, den Ulli schon seit Wochen zu erreichen.

Ty hatte nämlich am allerletzten Drehtag seines letzten Filmes in der Wüste von Arizona einen Tritt von seinem Pferd in Richtung Bauchgegend bekommen – und fand sich danach mit Rippenbrüchen im Hospital wieder.

Er verständigte daraufhin sofort seine Frau, um ihr zu sagen, die Nummer Ullis müsse da oder dort im Haus zu finden sein, worauf seine Frau auch tatsächlich einen Namen fand, der sich mit amerikanischen Augen wie Üli oder so ähnlich las ...

Dem war ganz offensichtlich nicht so, denn sie wählte sich tagelang die Finger wund, ohne einen Üli in Germany ans Telefon zu bekommen.

111

Ty, der inzwischen in der Reha war, ließ ausrichten, dass er, wenn Ulli es wünsche, vorschlage, den gemeinsamen Film irgendwann und ohne Gage Mitte nächsten Jahres zu drehen.

Wenn das kein echtes Hollywood-Versprechen war.

Der Talk Ullis mit der Frau von Ty Hardin endete mit großem Verständnis für die jeweils andere Seite, mit gegenseitigen Dankesworten und mit vielem mehr.

Als ich dann im Auto saß und allein zurück in die Provinz fuhr, um meinen Job als Theaterschauspieler wieder ins Rollen zu bringen, dachte ich: Wenigstens hatten wir wochenlang Spaß …

Hollywood Good bye! –
Und auf Nimmerwiedersehen.

Wenn dich das Film-Glück verlässt

Fakt ist, dass ich bis zum heutigen Tag nie verstanden habe, dass man den „Tödlichen Poker" mit all seiner künstlerischen Qualität kurz vor Beendigung der Dreharbeiten in die Tonne warf!

Nur mal so nebenbei gesagt: Nie mehr in meinem Filmschauspielerleben bekam ich von wem auch immer eine solch irre Chance.

Seit unserer West-Berliner Tragödie poppt eine gewisse Leere immer und immer wieder vor meinem geistigen Auge auf und lässt mich wissen, dass es allerhöchste Zeit sei, mir Gedanken darüber zu machen, wann und in welcher Art und Weise ich meinen nun schon ein halbes Leben lang mit mir herumziehenden Filmhelden zum Leben erwecken möchte.

Unser begeistert aufgenommener Schülerfilm mit dem Titel „Das Brünette Gift" könnte mir doch all die jugendliche Energie zur Verfügung stellen, die ich bräuchte, um dieses Mal ganz alleine ein großes Projekt für die Kinoleinwand ins Rollen zu bringen, das ganz am Ende – also nach einigen Jahren! – einen Helden aus der Wundertüte „Film" hervorspringen lässt, dem das Publikum es dankt, standhaft gegen alle Verleumdungen geblieben zu sein.

Diesem Jeff'schen Neuanfang vorgelagert war noch ein großer Film mit dem Titel „Der zweite Frühling", den mein Freund Ulli in Rom drehen wollte.

Darin vorgesehen war für mich die mittelgroße Rolle eines römischen Paparazzos.

Jeff traf Gino Cavaro in Madrid

Ein glücklicher Zufall war es, der mich in Madrid landen ließ, um dort als einer von vielen Schauspielern einen imposanten TV-Werbespot für die spanisch sprechende Welt zu drehen: So hatte es mir Señora Marta am Telefon in sehr holprigem Englisch erzählt.

Dann schickten sie mir das Ticket und die Bestätigung meiner Gage.

Nichts ahnend war ich auf dem Weg zum Hauptausgang des Aeropuerto Adolfo Suárez Madrid-Barajas, als ich direkt hinter diesem auf ein selbstgemaltes Bild meiner Madrider Arbeitgeber zusteuerte.

Welcome to Madrid, Jeff!

(Bild: pixabay.com)

Lächelnd deutete ich auf das Bild, während zwei farbenfroh gekleidete Menschen mich in die Arme nahmen.

Auf dem Weg zu deren Wagen und im Wagen selbst erfuhr ich dann Dinge, die man nicht jedem Dahergeflogenen erzählt: Marta war eine Top-Werbe-Managerin und der sie begleitende Herr, *Gino Cavaro* mit Namen, der Regisseur des zu drehenden Werbefilms.

Gino, ein in Barcelona und Madrid lebender Sizilianer, dreht in seinem *normalen* Leben ausschließlich „Indie-Filme".

Das war mir schon mal sehr angenehm, denn Indie-Filme sind nichts anderes als Filmproduktionen, die außerhalb etablierter Strukturen umgesetzt und meist mit kleinem Budget realisiert werden.

Abseits seines *normalen* Lebens dreht er immer mal wieder diese sehr profitablen Werbespots.

Als ich dies alles hörte, ich saß zum Glück hinten in deren großem Wagen, überfiel mich ein gewaltiger Lachanfall, der sowohl Marta als auch Gino zumindest in Erstaunen versetzte.

Als ich ihnen dann aber prompt erklärte, dass auch ich nur in Madrid landete, um meine kargen Schauspielergagen aufzubessern, war der Bann gebrochen und sowohl einer jahrelangen als auch sehr engen Film-Kooperation mit Signore Cavaro stand nichts mehr im Wege.

Beim Essen später durfte ich wissen, dass mich ihr zahlungskräftiger Werbekunde in „Zärtlichkeit der

Wölfe" gesehen und mich Marta und Gino für seinen TV-SPOT vorgeschlagen hatte.

Viel wichtiger für Gino und mich waren fortan all die von ihm inszenierten Gangsterstorys, in denen ich ab und an meist zwielichtige Figuren im Dunstkreis der spanisch oder italienisch sprechenden Stars spielte.

Die für mitteleuropäische Schauspieler äußerst gewöhnungsbedürftige südländische Arbeitsweise meines Freundes *Gino* entsprach auf Anhieb meiner Vorstellung von Filmschauspielerei, die geprägt war von einer besonderen *Leichtigkeit des alltäglichen Seins.* Nach meinem letzten zentraleuropäischen Film „Der Fall Boran" war es dann endlich so weit, *nur noch mit meinem Freund Gino den einen oder anderen Film zu drehen.*

„Der zweite Frühling" - Mit Curd Jürgens in Rom

(Point Film GmbH)

Spielfilm von Ulli Lommel. Deutschland/Italien, 1975

Der Spiegel: „Das hat schon Größe: der beste schlechte Film der Saison."

Cast: Curd Jürgens, Irmgard Schönberg, Eddie Constantine, Anna Orso, Umberto Raho, Barbara Betti, Philippe Hersent, Barbara Rath, *Jeff Roden*, Linda Sini, Stefano Bisso, Sharon, Jeff Blynn

Kurze Synopsis unseres Filmes:

Ein alternder Journalist, der eines langen und sterilen Lebens voller Frivolität überdrüssig ist, will die angesagten Kreise der transalpinen Hauptstadt endgültig verlassen, nachdem er eine schwere

Krankheit überlebt hat. Er verliebt sich in eine attraktive Krankenschwester, mit der er plant, in die USA zu gehen. Doch die Schöne betrügt ihn schamlos und unser überarbeiteter Opa stirbt an einem heilsamen Herzinfarkt."

Als Jeff Roden spielte ich in Rom die Rolle des *unzivilisierten* Gelegenheitschauffeurs Sergio, der seine Chefin, Gräfin *Marcella*, sicher durch Rom und Umgebung kutschierte.

Jeff als unzivilisierter Gelegenheitschauffeur in Rom. *(Point Film GmbH)*

Drehte eine Filmproduktion in Rom einen wirklich großen Film, musste unter allen Umständen ein Weltstar die Besetzungsliste anführen.

Ullis Favorit war von Anfang an *Curd Jürgens,* der zu dieser Zeit in Salzburg für das Theaterstück „*Jedermann*" probte.

Curd Jürgens bringt die richtigen Voraussetzungen für einen Charakter wie den des verlebten Fox mit und weiß diese auch präzise zu transportieren.

Info: *„Jedermann" bei den Salzburger Festspielen:*

Das Spiel vom Sterben des reichen Mannes. Erneuert von Hugo von Hofmannsthal.

Die Jedermann-Aufführungen der Salzburger Festspiele werden Jahr für Jahr auf dem Domplatz der Stadt gespielt und ihre Besetzungen reflektieren die deutschsprachige Theaterlandschaft und Filmszene präzise. Eine Vielzahl namhafter Schauspieler ist im Salzburger Jedermann aufgetreten, oft auch in kleineren Rollen.

Und so kam es, dass der Ulli samt Jeff bei *Curd Jürgens* in Salzburg vorbeischauten.

Alleine schon unser Empfang war ein Bild, aufgenommen für die Ewigkeit:

Unterhalb eines kleinen Bergmassivs und vor einer Art von Gutshof, in dessen Einfahrt ein Rolls-Royce im Hintergrund parkte, standen wir Curd Jürgens, seiner französischen Sekretärin sowie seinem irischen Wolfshund vis-à-vis.

Nie vorher und nie nachher stand ich einem anderen Schauspieler-Weltstar gegenüber!

Aus reiner Neugierde hatte ich mir bereits auf der Fahrt nach Salzburg mal die Schauspieler-Vita von Curd angeschaut und rief so laut ich konnte aus dem Beifahrerfenster: „Bravo, Curd!"

Vom ersten Augenblick an kam es mir vor, als träfen sich Freunde: Denn solche benötigen keine tiefere Psychologie oder anderen Hokuspokus, nein, reine Natürlichkeit und eine Art von Schopenhauer'schem Verstand sagten uns, dass wir drei,

Curd, Ulli und sein Freund Jeff, bereit waren, in Rom einen großen Film zu drehen.

Apropos *Schopenhauer*:

„Natürlicher Verstand kann fast jeden Grad von Bildung ersetzen, aber keine Bildung den natürlichen Verstand."

Worüber sich Curd mit mir intensiver unterhielt, war meine Hauptrolle im Tennessee Williams Theaterstück *"The Case Of The Crushed Petunias"* in Bad-Godesberg.

Regie führte dort in der Provinz ein aufstrebender New Yorker Theaterregisseur: Diese Konstellation fand er einfach nur cool.

Als die Zeit kam, um gemeinsam zu dinieren, machten wir Bekanntschaft mit zwei jungen Franzosen, die das komplette Essen samt dem Espresso danach mit weißen Handschuhen servierten.

Beim Espresso waren die Telefonleitungen wieder freigeschaltet und Curd wechselte die Sprachen wie andere ihre Hemden ...

Kurze Zeit später verschwanden Curd und Ulli für angesagte drei Stunden in einem anderen Raum: zur ausgiebigen Drehbuchbesprechung.

Ein sehr gutes Zeichen für *Rom* und unseren gemeinsamen Film.

Roma – stiamo arrivando: Rom – wir kommen ...

Derweil cruiste ich mit Wiener Freunden, die ich zufällig im *Museum der Moderne Salzburg* traf, durch das mir schon lange bekannte Salzburg, das wieder mal voll von Touristen und damit fast am Platzen war.

Verabschiedet wurden wir von demselben Team, das uns willkommen geheißen hatte: Curds Sekretärin, ihm selbst und dem direkt an Curds Seite stehenden Freund aus Irland, seinem irischen Wolfshund.

Im Auto war dann Kindergeburtstag angesagt und sowohl Ulli als auch ich sprachen plötzlich eine ganz andere Sprache, die in diesen Momenten nur wir zwei verstanden.

Schon Tage bevor Curd in Rom eintrudelte, war die Presse voll von Geschichten über diesen großen Theater- und Filmschauspieler, der unter anderem weltweit bekannt wurde als *James-Bond*-Bösewicht Karl Stromberg in *„Der Spion, der mich liebte"*.

Diese Worte eines römischen Kritikers blieben mir bis heute im Gedächtnis:

„Die Prognose der Geschichte wirkt unterm Strich sehr sarkastisch, da die selbstverliebte und versnobte Schickeria Ihresgleichen wohl stets alles vergeben und verzeihen wird. In diesem Beitrag kann der interessierte Zuschauer letztlich alles zwischen Gut und Böse ausfindig machen. Ein eigenartig faszinierender Film!"

Mr. Fox (Curd Jürgens) und Irmgard: Ihr letztes Treffen. *(Point Film GmbH)*

Curd mit der Hauptdarstellerin Irmgard. *(Point Film GmbH)*

Nach nur drei Wochen unserer angedachten zwölfwöchigen Drehzeit schockte speziell uns Schauspieler die Ansage der Produktion, dass man aus filmtechnischen Gründen eine mehrmonatige Pause einlegen müsse!

Was sich hinter dieser Aussage verbarg, erfuhren wir Schauspieler nie.

Kurz vor unserem römischen Neustart saßen Ulli und ich einen Abend lang in *Trastevere* zusammen, wo er mir die ganze Dramatik vor unserer langen Pause detailliert schilderte:

„Ohne den Weltstar Curd Jürgens an Bord hätten wir zu diesem Zeitpunkt unseren Film vergessen können: Denn Geldgeber interessierten sich allermeist nur für die ganz großen Namen!"

Dass wir den Film unter diesen nebulösen Umständen überhaupt weiterdrehen konnten, ist alleine das Verdienst von Curd Jürgens, der unseren Regisseur Ulli Lommel auf gar keinen Fall hängen lassen wollte. Einer solchen Konstruktion geschuldet, musste ich meine mittelgroße Rolle als smarter römischer Paparazzo abgeben, um fortan einen unzivilisierten Chauffeur einer bezaubernden Gräfin zu spielen.

Als Chauffeur namens Sergio fuhr ich ab sofort meine Chefin, die Gräfin Marcella, gespielt von der neapolitanischen Schauspielerin Anna Orso, zu all ihren aristokratischen Festivitäten, sozialen Aktivitäten oder auch ins *Centro Storico*, um dort mit Freunden unseren Espresso zu nehmen.

Jeff genervt im römischen Stau. *(Point Film GmbH)*

Anna Orso, Jeffs Chefin. *(Point Film GmbH)*

Zwei von vielen faszinierenden Ereignissen während unserer römischen Drehtage möchte ich Ihnen nicht vorenthalten:

Eine ganz tolle Gastrolle in unserem Film spielte der US-Schauspieler Eddie Constantine aus Los Angeles, der einen weltweiten Megaerfolg als FBI-

Agent Lemmy Caution hatte: Eddie spielte bei uns einen alternden Sänger, dem sein Kumpel Mr. Fox, gespielt von Curd Jürgens, wieder auf die Beine half. Eddie sang unseren Film-Titelsong *Little Lady* vom italienischen Star-Composer Stelvio Cipriani auf zwei oder drei der unzählig vielen Treppen hinauf zu einer römischen Kirche.

Auf dem oberen Plateau der Treppen performte Stelvios Band, meisterhaft dirigiert von unserer bildhübschen Hauptdarstellerin Irmgard Schönberg.

Eddie, Irmgard und Stelvio Ciprianis Band.
(Point Film GmbH)

Ein Drehort mitten zwischen dem turbulenten römischen Verkehr, umgeben von kleinen Cafés, in denen der Italiener seinen Espresso in der Regel an der Theke und im Stehen trinkt.

Um dieses eindrucksvolle Bild abzurunden, ließ unser Regisseur die geladenen Gäste auf den zahlreichen Stufen ihre Tanzbeine schwingen.

(Point Film GmbH)

Inmitten der Tanzenden erspähte die Kamera Marcella, die Gräfin, die anscheinend bemüht war, ihrem tanztechnisch etwas ungeschickten Chauffeur Sergio *klassische* Beinbewegungen beizubringen.

Jeff (links) mit Gräfin Marcella, gespielt von Anna Orso.
(Point Film GmbH)

Bevor diese Szene gedreht wurde, wollte Eddie Constantine alias Lemmy Caution noch einen Espresso in einer kleinen Bar gegenüber unseres Drehortes nehmen, als er sich plötzlich in einer unübersehbaren Traube von euphorisierten Fans wiederfand, die ihr Idol erkannt hatten.

Ob Eddie überhaupt zu seinem stimulierenden Espresso kam, weiß ich bis heute nicht.

Dessen ungeachtet erschienen wie aus dem Nichts hervorgezaubert eine Handvoll Carabinieri mit Trillerpfeifen am Drehort, um Eddy umgehend mit ein paar intensiven Pfeifentönen aus dem ihn umgebenden Menschenpulk zu befreien und ihn sicher dorthin zu geleiten, wo er dringend erwartet wurde: am Piano bei Stelvio Cipriani und unserer blonden Fee Irmgard Schönberg.

All dies geschah, wie mir glaubhaft versichert wurde, in einer derart coolen Art und Weise, die so nur in Rom funktionieren kann.

Der zweite bezaubernde Moment ereignete sich in einem großen Gutshof in den Albaner Bergen, circa eine Autostunde südöstlich von Rom gelegen.

Die Kamera begleitete dort zuerst Curds Freundeskreis und wechselte dann zu aufwendigen Innenaufnahmen in den Gutshof selbst.

Vielleicht von dieser traumhaften Location aufs Neue inspiriert, bat Ulli seinen Star um Folgendes: „Curd, ich ändere noch einiges an euren Dialogen – kannst du mir da zeitlich entgegenkommen?"

Curd, ein Riese von Mann, legte seinen rechten Arm um Ullis Schulter und erwiderte lächelnd:

„Wenn du mir zeigst, wo ich meine teilweise verlorene Nachtruhe nachholen könnte ..."

Jeff, Marcella und Irmgard in den Albaner Bergen. *(Point Film GmbH)*

Arrivederci Roma: ci vediamo presto ...

"The Boogey Man" – Ein Indie-Film

Regie: Ulli Lommel

Ulli Lommel, der Regisseur des Films „The Boogey Man",
im Schneideraum. (Fotoarchiv)

HORROR

Los Angeles:

Die Geschichte eines perfekten Indie-Films

*Die Mund-zu-Mund-Propaganda machte den Film
meiner Freunde zu einem weltweiten Kultfilm ...*

Synopsis:

Durch die Spiegelung im Spiegel wird ein Mädchen
Zeuge der Ermordung des Freundes ihrer Mutter.

Cast: *Suzanna Love (+Drehbuch)*

Ron James

John Carradine

Nicholas Love (Bruder von Suzanna)

Raymond Boyden

Felicite Morgan

Filmkritik aus Holland:

„The Boogey Man" vom cinemagazine.nl – Sander Colin: in Dutch and German.

The Boogeyman is een intelligente horrorfilm die de gloriedagen van de onafhankelijke film voor 75 minuten doet herleven. De plot mag hier en daar wat vreemd in elkaar zitten, het blijft bovenal een persoonlijke film waarin een onconventioneel thema wordt belicht en waarin de tijd wordt genomen om dit thema uit te werken. Tel daar de charmante jaren 80 sfeer bij op en men heeft een film die geen enkele liefhebber mag missen.

Auf Deutsch:

Der Boogeyman ist ein intelligenter Horrorfilm, der 75 Minuten lang die glorreichen Tage des Independent-Films wiederaufleben lässt. Die Handlung mag hier und da etwas seltsam sein, aber vor allem ist es ein persönlicher Film, der ein unkonventionelles Thema beleuchtet und Zeit braucht, um es auszuarbeiten. Dazu kommt die charmante Atmosphäre der 80er-Jahre, und Sie haben einen Film, den kein Liebhaber verpassen sollte.

Die Entstehung von „*The Boogey Man*" war mehr als abenteuerlich. Sie war so, wie ich meinen Freund Ulli Lommel ein Leben lang kannte:

Um nicht einen weiteren bitterkalten Winter in New York mitmachen zu müssen, brach Ulli von der Stadt, die niemals schläft, in Richtung Westküste auf und landete schließlich in Los Angeles, wo er sich im TROPICANA zwei Zimmer mietete: eines für sich, eines für seinen Schneideraum.

Dort entstand kurze Zeit später, mit vergleichsweise niedrigem Budget und vielen unbekannten Darstellern, ein kleiner Horrorstreifen, der bald vor allem durch Mund-zu-Mund-Propaganda völlig unerwartet vier Wochen lang die amerikanischen Kinocharts anführte.

Zum Erfolg seines „Boogey Man" gehörte eine skurrile Episode, die sich in Lommels Schneideraum abspielte. Sie ist im Wesentlichen dem Buch von Ulli Lommel, Zärtlichkeit der Wölfe, 2. Aufl. München 2012, S. 93 ff. entnommen:

Angelockt durch das pausenlose Schreien der Filmopfer klopfte eines Tages der weltberühmte US-Schriftsteller *William Seward Burroughs*, der die Beatgeneration mit seinem bekanntesten Roman „*Naked Lunch*" begeisterte, an Ullis Tür und wollte wissen, was er da so treibt.

Dann setzte sich Burroughs cool neben Lommel an den Schneidetisch, kiffte sich voll und hatte auch schon bald die tollsten Vorschläge, wie man den Film schneiden sollte.

Dabei benutzte er das Wort *Fuck* etwa Hundertmal die Minute in allen nur möglichen Variationen:

„Fuck this" und „Fuck that", „Fucking great!" und „Fucking awful!", „Fuck me!" und „Fuck you!". Die Szene am Potomac River, in der es einen Teenager am Steuer seines Autos erwischt, wollte er in ein fucking Meisterwerk verwandeln.

Die folgenden zwölf Nächte übernahm Burroughs dann auch die Regie mit gelegentlichen Gastauftritten von Ullis Freund *Andy Warhol*, der – wie sollte es auch anders sein – alles *perfect* und *beautiful* fand, obwohl er Ulli beim Frühstück am Swimmingpool beichtete, dass er nur noch Alpträume hätte und Ulli doch bitte wieder nach New York zurückkehren sollte, da er der Meinung war, das Klima in L.A. würde Ulli vielleicht doch nicht so recht bekommen.

Too much sun!

Dann machten sie eine kurze Pause im Schneideraum, bis der gute Burroughs wieder mal voll gekifft mit Ulli zurück in diesen magischen Raum torkelte, um weitere Horrorszenen zu bearbeiten.

Immer noch fummelte er an seiner Lieblingsszene herum, in der unser Teenager seiner Freundin den Todeskuss versetzte. Der „Boogey Man" hatte ihn gerade aufgespießt, mit einem Stäbchen vom Grill, das, von hinten in den Hals gestochen, nun halb lächerlich, halb wahnwitzig vorn zum Mund herausragte.

Burroughs konnte nicht genug von dieser Szene kriegen.

Immer wieder schubste der Geist vom „Boogey Man" das Mädchen in den Todeskuss, bei dem das grausame Stäbchen zum Phallussymbol eines missratenen Campingausflugs am Pontomac River wurde, demselben Pontomac, den George Washington einst mit seinen Mannen überquert hatte, um die Briten auf brutalste Weise zu ermorden.

Die berühmte Skewer-Szene im „Boogey Man", an die sich die Horrorfans noch heute mit großer Begeisterung erinnern, hat Ulli *William S. Burroughs* zu verdanken.

Diesem spindeldürren Geist mit zerknülltem Anzug und kleinem Hütchen und Brille, der einem wie ein provinzieller Buchhalter aus den 1950er-Jahren und aus einer Kleinstadt des Mittleren Westens erschien und nicht wie ein Punk-Fuck-Beat-Smack Superstar.

Sie arbeiteten die ganze Nacht hindurch.

Und am nächsten Morgen, als Burroughs endlich am Schneidetisch ganz friedlich und happy einschlief, hatte Ulli zum ersten Mal das Gefühl, dass dieser „Boogey Man" ein Hit werden könnte.

Und so wars dann auch:

Im August startete „Boogey Man" in achtzig Kinos in New York und wurde zum erfolgreichsten Horrorfilm des Jahres 1980.

Mit nur 300.000 Dollar gedreht – spielte er weltweit 25 Millionen ein.

Wovon Ulli leider wenig abbekam.

Wie sollte das beim „Boogey Man" auch anders sein.

Anhang:

Bevor *„Boogey Man"* fertiggestellt wurde, traf Ulli eine echte Hollywood-Ikone, die ihm riet, in seinen Film noch einen großen Namen einzubringen. Denn Filme verkaufen sich nur noch über Namen, wie diese Ikone wusste.

John Carradine war dann der Name, der den Film stärkte: Wegen seiner 50-jährigen Hollywood Karriere zählt er zu den Schauspielern mit den meisten im Abspann erwähnten Filmauftritten, wobei er meist faszinierende Nebenrollen an den Seiten der großen Stars spielte.

Ullis und Suzannas Erfolg mit ihrem „Boogey Man" lag schon eine geraume Zeit hinter ihnen, als ich mich zur großen Freude beider und zur ganz besonderen Freude von Ulli wieder einmal am Santa Monica Boulevard in L.A. sehen ließ.

Nach Ullis Meinung rechtzeitig zu den gerade beginnenden Ausscheidungsspielen der National Football League, der NFL, bis hin zum Finale, dem größten Sportevent des Planeten Erde namens *Super Bowl*.

Ich merkte schon bei unserem ersten Restaurant-besuch direkt nach meiner Ankunft, dass Ullis Fokus folgender war: Wie bringe ich einem ehemals begabten europäischen Straßenfußballer das Spiel der Amerikaner nahe, den American Football?

Denn zwischen den beiden Sportarten liegen Welten: hier die Perfektion des künstlerisch besetzten Fußballs aus Brasilien und auf der anderen Seite das extrem körperbetonte, aber nicht weniger finessenreiche Spiel des American Footballs.

Und ich muss sagen, dass dieser Zauberer namens Ulli eine derart hochprozentige Rezeptur zusammenmischte, die mich in nur einem Tag zu einem absoluten Fan dieses Spiels werden ließ!

Wie geht das denn?

Nun, so ein Tag verhält sich natürlich völlig anders als all meine Los Angeles-Tage zuvor: Suzannas Wecker klingelte uns alle schon um 8 Uhr aus dem Bett und um kurz nach halb zehn steuerte unser US-Schlitten schon in Richtung kalifornischer Wüste. Und dort mittendrin erschien wie vom Nichts dahin gezaubert unser Tageshighlight: Eine Stadt, die sich *Greater Palm Springs (Area) nennt* und wie eine lang gestreckte grüne Oase mitten in der Colorado-Wüste, Teil der Sonora-Wüste, liegt, umgeben von hohen, teils schneebedeckten Bergen.

Die Sonora-Wüste ist mit einer Fläche von ca. 320.000 km² eine der größten sowie eine der vielseitigsten und artenreichsten Wüstenregionen der Welt.

Ich schätze, nach zwei Stunden oder drei war unsere Wanderung durch die Stadt beendet und wir stimmten uns auf der Heimfahrt schon auf unser erstes gemeinsames American Footballspiel ein. Dazu gehörte natürlich die Regelkunde, ohne die im American Football ein Zuschauen recht sinnlos ist.

Was ich beim ersten TV-Abend am Santa Monica Boulevard feststellte, war: Betritt man mit einem echten Freund Neuland, wie ich an diesem Abend mit Ulli meine US-Football-Premiere, ist man ja fast schon spontan mitten drin im Geschehen.

Nach den ersten vier Stunden, so lange dauert in etwa ein Spiel mit all seinen Pausen, konnte ich sagen: Ich hatte die Grundregeln kapiert!

Was gibt es sonst noch zu berichten von meinen Los Angeles-Wochen?

Wir drei verstanden uns wieder einmal prächtig, wobei es Momente gab, die bemerkenswert waren:

Wir saßen beim Essen, ich glaube, es war an einem Samstag, als Ulli lächelnd Folgendes in den Raum stellte: „Wenn du Lust hast, Jeff, gleich hier nebenan feiern an jedem Weekend die bekanntesten Rockbands der Welt ihre Partys. Jeder kann da einfach reinspazieren …"

Ich grinste ihn an, mehr als ich lächelte, und sagte: „Na ja, das interessiert mich weniger. Aber wisst ihr, ob es hier in der Nähe eine römisch-katholische Kirche gibt?"

Eine Antwort kam prompt von Suzanna: „Ja, hier gleich neben dem Haus geht es gerade hoch und in wenigen Minuten stehst du dann vor der katholischen Kirche. Is it okay if I come along?"

Und so feierten Suzanna und ich am nächsten Tag, dem Sonntag, in der sehr gut besuchten Kirche einen katholischen Gottesdienst inmitten dieser Gemeinde in Los Angeles.

Später erfuhr ich, dass Suzanna die *„Stuart Day School of the Sacred Heart in Princeton"*, New Jersey, und das *„Vassar College"* im Bundesstaat New York besucht und dort ihren Abschluss an der *Neighborhood Playhouse School of the Theatre* gemacht hatte.

Das krasse Gegenteil dazu erlebte ich bei zwei Besuchen, die dem Filmbusiness zuzurechnen sind:

Der erste Besuch war bei einem dem unteren Adel zuzurechnenden deutschsprachigen Typen aus dem Dunstkreis der Filmerei, der mich in kürzester Zeit mit derart skandalösen Zoten voll ballerte, dass ich mich fragte, ob der noch alle Sinne beisammen hat.

Ich hatte den Typen nicht gekannt und auch vorher noch nie von ihm gehört, außer einer Bemerkung von Ulli, dass der den und den kennt ... Dieser Typ musste Geld haben, denn er residierte in einem Luxushaus mit direktem Blick auf L.A.

Ich atmete tief durch, als ich wieder im Auto saß und Ulli bat, mich bitte nie wieder zu solch gemeingefährlichen Gespenstern mitzunehmen.

Dagegen war eine echte Hollywood-Party die reine Erholung: Goldbehangene Menschen überall.

Diese zwei Events waren dann aber auch wirklich genug für mich und es sollte auch kein weiteres mehr folgen!

Die wenigen mit Ulli in L.A. besuchten Filmorte reichten aus, um zu wissen, dass ich dort keinen einzigen Film drehen wollte.

Das war nicht meine Welt.

Was ich bei diesem langen Besuch dort drüben in Kalifornien mitbekam, war natürlich nur ein kleiner Teil eines riesigen Hamsterrades, in dem sie alle, angefangen vom kleinsten Filmstatisten bis hinauf zu den Bossen der Major Studios, gefangen sind.

Dass Ulli dort drüben überhaupt Fuß gefasst hatte, ist schon ein kleines Wunder.

Mein Abschied von meinen Freunden Suzanna und Ulli war spätestens in N.Y. von Melancholie unterlegt: „Wann seh'n wir drei uns wieder?"

Jeff beim Zwischenstopp in New York. *(Fotoarchiv)*

Neujahrsgrüße aus Los Angeles von meinen Freunden, den Machern des weltweiten Kultfilms „The Boogey Man":

Suzanna Love und *Ulli Lommel*

(Fotoarchiv)

Jeffs Lieblingsfilm: „Der Fall Boran"

Bernard Rud als Philip Boran. *(Fotoarchiv)*

starring:	Bernard Rud, Jean-Pierre Léaud, Renée Soutendijk, Julien Schoenaerts
written by:	Daniel Zuta / Bernard Rud
hotography:	Walther van den Ende
directed by:	Daniel Zuta
roduced by:	Daniel Zuta Filmproduktion / Alain Keytsman Production

(Fotoarchiv)

In einer Amsterdamer Nacht voller ungarischem Rotwein orakelte einst ein holländischer Schauspielkollege, dass ich vielleicht irgendwann einmal einen Filmhelden spielen könnte.

Dieser tollkühne Hasardeur stachelte mich ganz offensichtlich derart an, dass das Unmögliche möglich wurde: Denn die blühende Fantasie dieses jungen Holländers bewahrheitete sich viele Jahre später, als ich von einigen harten Filmschlachten schon leicht gezeichnet, einen letzten Versuch startete und mich kasernierte, um den kleinen Amsterdamer Helden umzuwandeln in vielleicht sogar einen richtigen, vom Publikum umjubelten Filmhelden.

Dies gelang mir mit der Titelrolle als *Philip Boran* in unserem Film „*Der Fall Boran*".

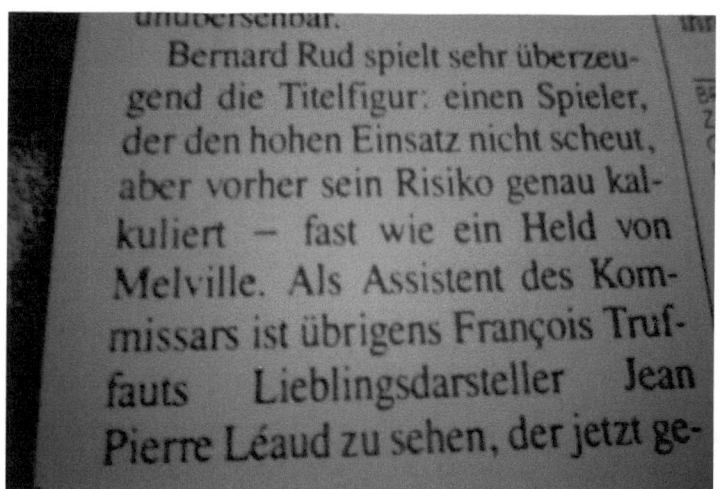

Kritikauszug. *(Fotoarchiv)*

„Der Fall Boran", den wir nach meiner Idee und mit mir als Co-*Drehbuchautor* im Jahr 1986 zum Leben erweckten, lief dann auf zwei renommierten Filmfestivals der Welt: den „*Internationalen Hofer Filmtagen*" und auf dem „*Montreal World Film Festival*".

Kritikauszug. *(Fotoarchiv)*

Leider konnte ich keines der beiden Filmfeste persönlich besuchen. Dennoch kann ich berichten,
dass mich sowohl unser Regisseur als auch zwei
bekannte Kritiker des Landes mit ihren Aussagen
erfreuten, „dass meine Rolle des Philip Boran vom
jungen Publikum begeistert gefeiert wurde."

Was kann ein Film-Schauspieler mehr verlangen?

Kritik von Alfred Holighaus: „Hofer Filmtage".
(Fotoarchiv)

Info: *Die „Internationalen Hofer Filmtage" sind ein jährlich im Oktober stattfindendes Filmfestival in Hof (Bayern).*

Neben ausländischen Produktionen steht vor allem der deutsche Film im Fokus.

Dabei werden an sechs Tagen in zwei Kinos und insgesamt acht Kinosälen rund 130 Filme in mehr als 200 Vorstellungen angeboten.

Unser Regisseur Daniel Zuta ...

mit drei seiner Hauptdarsteller: Renée Soutendijk aus Amsterdam, Jean-Pierre Léaud aus Paris und Bernard Rud (Jeff Parc), rechts, als Philip Boran. *(Fotoarchiv)*

Ich erinnere mich noch haargenau an die Zeit, in der ich die ersten Ideen zum späteren Film „Der Fall Boran" notiert hatte: Vor lauter Begeisterung, dass mir mal wieder was einfiel, warf ich mich irgendwo innerhalb meiner kleinen Bude auf den Boden und fing wie von Sinnen an, circa 30 DIN-A4-Seiten mehr hinzukritzeln als leserlich zu schreiben.

Als ich dann total ausgepowert wieder auf meinen Beinen stand und irgendwie gleichgewichtsgestört von einer auf die andere Seite taumelte, packte ich wild entschlossen das Geschriebene zusammen und fuhr direkt zu meinem engen Freund Boris, um ihn zu bitten, meinen Text mal kritisch zu beäugen.

Leider war er persönlich nicht da, und so übergab ich meine wertvolle Fracht seinem Briefkasten in der Hoffnung, bald von ihm zu hören.

Der Freund war ein künstlerisch ausgerichteter Fotograf mit viel Arbeit und relativ wenig Kohle in der Tasche, und so dauerte es einige Zeit, bis ich von ihm hörte. Und was soll ich sagen: Er fand meine Geschichte so interessant und spannend, dass er mich begeistert ermunterte, daraus ein Treatment – die Vorstufe zum Drehbuch – zu machen.

Wer hätte da denken können, dass dieses Gekritzel sich in die Geschichte meines schönsten Films verwandeln sollte.

„Der Fall Boran" ist ein Katz-und-Maus-Spiel zwischen einem rachsüchtigen Kommissar und Philip Boran, dem Titelhelden, einem Ex-Gangster.

Lange bevor wir diesen Film drehten, sprach ich mit der Produktion, an welchen Kameramann sie dächten. Denn ich hätte als Schauspieler sehr gerne mit *Jürgen Jürges* gedreht, dessen Kameraführung unseren gemeinsamen Film „*Zärtlichkeit der Wölfe*" in einen weltweit erfolgreichen expressionistischen Vampirthriller verwandelt hatte.

Wenn ich mich recht erinnere, war eine Zusammenarbeit aus zeitlichen Gründen nicht machbar.

Dass wir dennoch einen sehr schönen Film mit dem Prädikat „Wertvoll" drehen konnten, lag vor allem an unserem Regisseur, der auch gleichzeitig der Produzent war, und unserem belgischen Kameramann *Walther van den Ende*, der Jahre später den Europäischen Filmpreis/Beste Kamera gewann.

Irgendwann vor dem Start unserer Produktion erzählte mir der Produzent, dass er von einem Agenten angesprochen worden sei, der 500.000 Piepen bot, wenn man den Hauptdarsteller Bernard Rud (Jeff Parc) – also mich – für seinen Star austauschen würde.

Da fällt selbst einem coolen Typen wie mir nichts mehr dazu ein.

Solche Praktiken werfen ein ganz mieses Licht auf zumindest Teile dieses Gewerbes.

Einige hervorragende Rezensionen von namhaften Kritikern zeigten mir, dass sich meine mir immer am Herzen liegende Arbeit gelohnt hatte.

Apropos:

Unser Regisseur und ich waren zur Fernsehpremiere unseres Filmes eingeladen, wobei ich einige für mich als Schauspieler und Drehbuchautor hochinteressante Dinge erfuhr:

Als ich die Tür zum Zimmer des Filmredakteurs öffnete und vor ihm stand, sagte er unerschrocken und wortwörtlich: „Was machen Sie denn hier?"

Vielleicht sah er mich ja gerade an einem Filmset irgendwo in Rom, Palermo oder Madrid ...

Diesen Filmredakteur, der seit Jahren eine eigene, hervorragende Filmsendung im Fernsehen laufen hatte, schätzte ich sehr. Außerdem war er derjenige, der unserer Nation Reportagen voller Esprit von den großen alljährlichen "Internationalen Filmfestspielen" ins Wohnzimmer gezaubert hatte.

Nach den Stunden mit diesem Filmkenner zusammen, bot er mir an, sich umzuhören, ob es bei den ihm bekannten Filmern in Deutschland Interesse gäbe, mit mir zusammenzuarbeiten.

Bernard Rud im Gespräch mit dem Redakteur. *(Fotoarchiv)*

Nach Wochen trafen wir uns wieder und das Ergebnis seiner Erkundungen war gleich Null.

Vielleicht war das auch gut so ... Denn ich hatte in all meinen bisherigen Filmjahren eigentlich nie die Rollen angeboten bekommen, die ich hätte lieben können ...

...und ich hatte ehrlich gesagt auch nie eine Lust verspürt, andere Rollen als die, die ich liebte, zu spielen.

Mein Fazit:

„Der Fall Boran" bekam das Prädikat „*Wertvoll*" und unser Kameramann *Walther van den Ende* aus Brügge, Belgien, wurde 1991 ausgezeichnet mit dem *Europäischen Filmpreis „beste Kamera*" für seine Arbeit an dem Film „Toto der Held".

Linda tröstet Philip Boran. *(Fotoarchiv)*

Linda im Kommissariat. *(Fotoarchiv)*

Philip, in der Mitte, bekommt Besuch vom Kommissar Maconnet, rechts, und seinem Assistenten. *(Fotoarchiv)*

Philip Boran erfährt aus der Zeitung, dass sein Bruder erschossen wurde. *(Fotoarchiv)*

... und als Arzt verkleidet, hört er wenig später im Hospital von Pierres Komplizen Monet, dass der Kommissar seinen geliebten Bruder von hinten erschossen hatte. *(Fotoarchiv)*

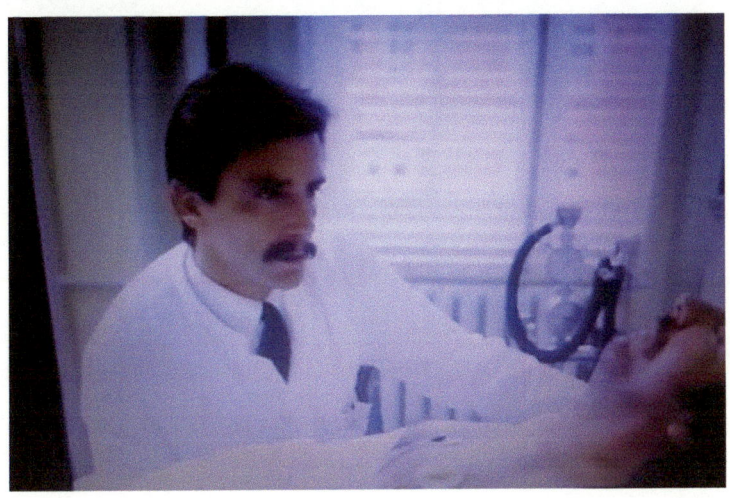

Nach der Beerdigung Pierres: Philip Boran, in der Mitte, auf der Flucht vor aufdringlichen Journalisten. *(Fotoarchiv)*

Während einer Drehpause: Jean-Pierre Léaud aus Paris, rechts, im Gespräch mit Jeff. *(Fotoarchiv)*

Philip Boran links – und sein Bruder Pierre. *(Fotoarchiv)*

Ein Wunder geschieht:
„MANGANINNIE"

(Fotoarchiv)

Während die Flamme brennt, lebt ihr Geist.

While the flame burns her spirit lives.

Synopsis:

„Manganinnie flieht vor dem Völkermord an den Aborigines in Tasmanien 1830 und rettet ein kleines, verlorenes weißes Kind.

Gemeinsam finden sie Mitgefühl, Liebe und ein Band, das sie aus Verzweiflung, Einsamkeit und dem Terror der Verfolgung befreit.

Ein klassischer australischer Film mit einem fesselnden und schillernden Höhepunkt."

Schon sehr lange liebte ich es – zwischen meinen ja nur ab und an stattfindenden Schauspieler- und Autoren-Engagements – mich auf europäischen Kinderfilmfestivals nach künstlerisch wertvollen Filmen umzuschauen.

Jeder Film gibt den Kindern die Möglichkeit, die Welt aus der Sicht einer anderen Person zu sehen - zum Beispiel aus der Sicht des Film-Produzenten. Das Angebot an verschiedenen Filmen, Themen, Botschaften und visuellen Welten ist wichtig für die Erziehung eines Kindes, denn es trägt zur Bildung des Geschmacks bei. Wie bei Büchern, Malerei und Musik regen Filme die künstlerische Seite der Kinder an und wecken ihre Lust am Erfinden und Experimentieren.

Für mich sind Kinder schon immer das Symbol der natürlichen Einfachheit und Spontanität gewesen.

In diesem Zusammenhang fällt mir dieser Satz ein, den ich irgendwo mal aufgeschnappt hatte: „Trotz deines hohen Alters hast du den Glanz der Kindheit."

Und so machte ich mich nach langer Zeit mal wieder mit meinem besten Filmfreund auf den Weg nach Nord-Irland, wo sich Filmer aus aller Herren Länder auf dem dortigen „*The Northern Ireland International Festival for Young People: cinemagic*" trafen, um ihre Filme vorzustellen.

Liste der anwesenden Filmer auf dem „cinemagic"-Filmfestival 1993 *(Fotoarchiv)*

Und – was soll ich sagen: In der knappen Woche, die wir in der nordirischen Kino-Märchenwelt verbrachten, kamen wir aus dem Staunen nicht mehr heraus: So viele wundervolle Kinderfilme hatten uns verzaubert!

Nur schade, dass auch eine „cinemagic"-Medaille zwei Seiten hat: Eine, die verzaubert – und eine andere, die leider für alle uns wirklich interessierenden Filme viel zu viel Bares verlangte.

Und so traten wir die Heimreise mit der Erkenntnis an, dass unsere Suche nach einem sowohl künstlerisch wertvollen als auch bezahlbaren Kinderfilmjuwel auf zumindest das nächste Festival irgendwo in Europa verschoben werden musste.

Einen kleinen Hoffnungsschimmer sah ich darin, dass uns irgendeiner der vielen Teilnehmer des Festivals kontaktierte.

Und diese winzige Hoffnung lag eines Tages in meinem Briefkasten. Der Absender war der *Administrator* der tasmanischen Filmfirma „Tasmanian Film Corporation" samt seinem Angebot, dem tasmanischen Spielfilm mit dem Titel „Manganinnie" – aus dem Jahr 1980.

Info: *„Manganinnie" ist ein mit dem AFI Award – American Film Institute – ausgezeichneter Film aus dem Jahr 1980. Ebenso hat er die jährlich verliehene AWGIE Auszeichnung, die die Australian Writers' Guild für herausragende Leistungen in den Bereichen Film, Fernsehen, Bühne und Hörfunk vergibt, gewonnen.*

Nach begeisterter Sichtung bot ich „*Manganinnie*" umgehend einem der größten Kinderfilmfestivals der Welt, dem *„The Chicago International Children's Filmfestival"* an.

Ab diesen Minuten saß ich wie auf heißen Kohlen – und zwar so lange, bis ich diesen mich zu Tränen rührenden Brief der Direktorin des Kinderfilmfestivals in Chicago in meinen Händen hielt:

Sehr geehrter Herr Rud,

es ist in der Tat sehr selten, einen so schönen, aufrichtigen, zum Nachdenken anregenden und technisch überlegenen Film wie Manganinnie zu sehen. Ich möchte Sie einladen, den Film in der Asien-Panorama-Sektion des Chicago International Children's Film Festival 1994 zu zeigen. Ich hoffe, dass dies möglich ist.

Mit freundlichen Grüßen, Elizabeth Shepherd

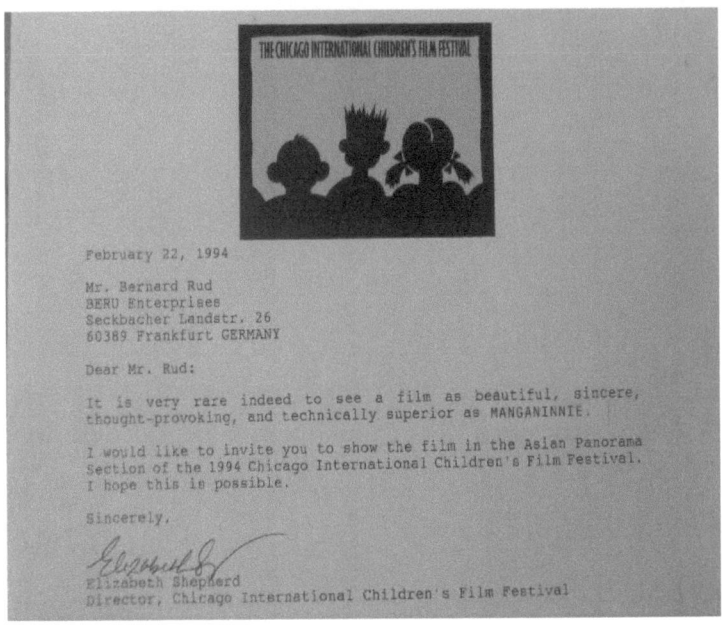

(Fotoarchiv)

„*Manganinnie*" lief dann mit großem Erfolg in Chicago.

Einen weiteren wichtigen Deal konnte ich mit einer französischen Filmcompany in Paris an Land ziehen.

In Deutschland fand ich trotz größter Mühen keinen Film-Abnehmer.

PS:

Wie ein Filmwunder erschien es mir, dass direkt unter meinem Namen *Bernard Rud* auf der „cinemagic"-Anwesenheitsliste mein Partner im Hinblick auf den Film „Manganinnie", der Administrator der „Tasmanian Film Corporation", gedruckt steht:

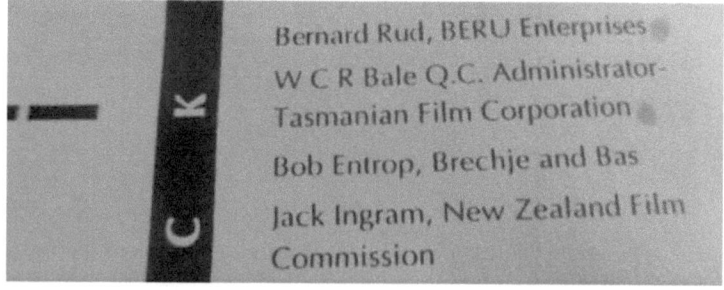

Auszug aus der Liste der anwesenden Filmer: Bernard Rud *und* die Tasmanian Film Corporation. *(Fotoarchiv)*

158

Ich möchte wieder lange Schlangen vor den Kinos sehen ...

Ich höre von allen Seiten, dass sich heutzutage auch beim Film alles nur noch um die Kohle dreht.

Warum denn das, frage ich mich immer wieder, wenn es Filme gibt wie zum Beispiel einen von 1960 aus Frankreich mit dem Titel „Außer Atem", Regie Jean-Luc Godard, den man heute noch als überraschend erfrischend und als modernen Film ansieht, der kaum etwas von seiner Lebendigkeit verloren hat.

„Außer Atem" – Kurze Inhaltsangabe:

Der Bonvivant Michel Poiccard ist ein Draufgänger auf der Jagd nach seinem Vergnügen. In einer gestohlenen Luxuslimousine gerät er auf dem Weg nach Paris in eine Geschwindigkeitskontrolle. Ein Polizist stellt ihn und wird von Michel kaltblütig erschossen. Auf der Flucht taucht er bei Patricia, einer Zeitungsverkäuferin, die Journalistin werden will, unter. Er versucht Geld für die gemeinsame Flucht nach Italien zu beschaffen. Aber der Kreis der Polizei wird immer enger.

Die Herstellung des Films wird bei Wikipedia im Artikel „Außer Atem" im Abschnitt *Filmtechnik und Ästhetik* sehr treffend beschrieben:

„Außer Atem ist auch aufgrund seiner innovativen filmischen Mittel berühmt geworden. Dazu zählen die Verwendung einer Handkamera, Aufnahmen

unter natürlichem Licht statt aufwendiger Beleuchtung und die Schnitttechnik des Jump Cut (im fertigen Film sieht man Menschen zuerst weit entfernt, dann plötzlich näher und am Schluss ganz nah vor der Kamera). In Dialogszenen verlaufen Sprache und Bildmontage statt der üblichen Schuss-Gegenschuss-Montage (das heißt: Es gibt ein Bild von etwas zu sehen und danach ein Bild vom Gegenüber) oftmals asynchron. Die stilistischen Besonderheiten sind nicht nur dem künstlerischen Wollen Godards geschuldet, sondern auch finanziellen Engpässen: Godard musste den auf zwei Stunden angelegten Film auf neunzig Minuten kürzen.

Der Film wurde nicht im Studio, sondern in vier Wochen an Originalschauplätzen, nämlich auf dem Land, in Zimmern und den Straßen von Paris gedreht, was einen Bruch mit den bisherigen Methoden darstellte. Godard wollte das Leben dort filmen, wo es ist. Er sah seinen Film als einen Film ohne Regeln oder dessen einzige Regel hieß: Die Regeln sind falsch oder werden falsch angewendet. Schon deswegen war der Film für die damalige Zeit revolutionär. Manche Zeitgenossen verglichen Godards filmtechnische Revolution mit dem Kubismus, der mit den Regeln der Malerei brach.

Zum besonderen Flair des Films tragen auch die Alltagsgeräusche der Metropole Paris und die Filmmusik bei, die großteils von dem bekannten Jazzpianisten *Martial Solal* interpretiert wurde."

„*Außer Atem*" begründete die Bewegung „*Nouvelle Vague*", die sich dadurch auszeichnete, dass sie die

Produktionsbedingungen der Filme radikal veränderte.

Kinozeit schreibt: „*Außer Atem* wirkt auch heute noch frisch und aufregend wie am ersten Tag."

Wenn ich das höre und auch lese, frage ich mich, warum in aller Welt werden denn Filme in dieser Art und Weise heute nicht mehr gedreht?

Der Film hatte ein Budget von 400.000 Französischer Franc, was in etwa 75.000 US-Dollar waren!

Ich fände es hervorragend, wenn junge Filmer heutzutage daherkämen und eine brandneue *Berliner Nouvelle Vague 2022* oder eine *Frankfurt am Main Nouvelle Vague 2022* ausriefen: Angelehnt an die von Paris unter Truffaut und Godard in den späten 1950er-Jahren, in der so grandiose Filme wie „Außer Atem" und „Sie küssten und sie schlugen ihn" in die Kinos kamen: Alle preiswert produziert!

Apropos – 2017 schreiben Tobias Tißen und Jennifer Ullrich in *filmstarts.de*: „8.797 Kritiker-Listen haben wir gemeinsam ausgewertet: Das sind die 100 besten Filme aller Zeiten:

Auf den Plätzen 17 „Außer Atem", 1960, und 25 „Sie küssten und sie schlugen ihn", 1959, platzierten sich zwei herausragende Filme von Godard und Truffaut: Beide Mitbegründer der französischen Nouvelle Vague."

Das Budget beider Filme war in etwa gleich: US-Dollar: 75.000 – normal waren damals circa 250.000 US-Dollar für einen französischen Film.

Mit dem Hauptdarsteller aus „*Sie küssten und sie schlugen ihn*", Jean-Pierre Léaud, drehte ich Jahrzehnte später in Hamburg und Brüssel meinen schönsten Film mit dem Titel „*Der Fall Boran*".

Ich wünschte mir, dass junge Filmer einfach mal das Rad der Filmgeschichte zurückdrehten und im Stil der damaligen französischen Nouvelle Vague hier in Deutschland einen Filmneuanfang starteten, der mit diesem in Paris vergleichbar wäre.

Alles wird zurückgedreht: die irrsinnigen Produktionskosten und die verstörenden Stargagen wie auch vieles andere mehr. Welch ein Fest der Filme wäre so ein Neuanfang, an dem dann wirklich auch alle begabten Nachwuchsfilmer ihre zu 100 % eigenen Filme drehten.

Es gäbe so viele Alltagsgeschichten zu erzählen, die die Massen wieder in die Kinos locken könnten.

Los gehts ihr jungen Filmer dort draußen, – wo immer ihr lebt! Fegt das oftmals sinnlose Posieren auf den roten Teppichen einfach weg und ruft ein neues Film-Jahrhundert aus, in dem die Zuschauer wieder in langen Schlangen vor den Kinos steh'n, um final noch einen Platz in Filmen zu ergattern, deren Themen uns alle interessieren.

TV-Spieleshow Konzepte von Jeff

Duell der Komiker

Mensch ärgere dich nicht

Die Straßenfußballer TV-Show

Der Azubi-Showdown

Der Swimmingpool

etc.

Eine meiner künstlerischen Leidenschaften war das Erfinden und Entwickeln neuer Spielshows: startend mit mir alleine und einige Zeit später auch zusammen mit Freunden aus anderen Berufen.

Als wir eines Tages den „*Azubi-Showdown*" mit allen Grafiken vor uns liegen sahen, kontaktierte ich einen meiner ältesten Freunde, erzählte ihm mit blumigen Worten von dieser Show, worauf er fast durch die Leitung sprang und mir zurief: „Jeff, morgen Mittag um 14 Uhr treffen wir uns mit meinem Freund A., einem nationenweit bekannten Journalisten, der all seine insgesamt um die 2.000 Reportagen noch selbst geschrieben hatte."

Diesem Ausnahmekönner saß ich dann am nächsten Tag in einem Freiluftcafé vis-à-vis und sah ihm angestrengt zu, wie er die ihm überlassenen vielen Seiten unseres Azubi-Konzeptes studierte.

Bis er mich dann plötzlich fragte: „Kommt das alles von dir?"

„Nicht ganz", erwiderte ich, „etwa die Hälfte stammt von meinem Kumpel Sven, einem Grafik- und Denkgenie!"

Das nahm er ohne weiteren Kommentar zur Kenntnis, als er auch schon wieder in der Zauberwelt unserer Azubis verschwand.

Dann, nach weiteren sehr langen Minuten, schaute er mir direkt in die Augen und sagte: „Weißt du was, Jeff? Wenn es dir gefällt, nehme ich euer Konzept mit zur Programmdirektion eines großen Fernsehsenders."

Ihm gefiel unsere Spieleshow ebenso wie sie uns schon seit vielen Monaten jede Menge Vergnügen beschert hatte.

Ich bot die Show unter meinem Künstlernamen *Jeff Roden* an.

Nach Wochen des Wartens erreichte mich dann im Mai 2015 die Absage des Senders:

Der Azubi-"SHOWDOWN"

Sehr geehrter Herr Roden,

vielen Dank für Ihr Konzept für die Show "Der Azubi-Showdow
mich weiter gegeben hat.

Ihr Exposé ist durchaus originell und hat mir gut gefallen. De

„Sehr geehrter Herr Roden,

vielen Dank für ihr Konzept für die Show „Der Azubi-Showdown", das Herr A. an mich weitergegeben hat.

Ihr Exposé ist durchaus originell und hat mir gut gefallen ..."

Ich nahm es cool als Kompliment, dass unser Showkonzept positiv bewertet worden war. Gekauft haben sie unsere Show jedoch nicht!

Was final hängen blieb, waren all die Lachanfälle ob unserer genial-irren Show-Einfälle, die uns auf die jeweiligen Fußböden der Wohnungen oder Häuser beförderten, um dort unten wie ein spöttisch lachendes Fabeltier kreischend irgendwohin zu rollen:

Happy Days, Jungs!

(Bild: pixabay.com)

PS:

Jeff: „Wenn das Wörtchen *WENN* nicht wär', wär' ich heut' schon Millionär."

Jeff, der CALGON-Mann

Wir schreiben das Jahr 1990.

Während eines Frühstücks klingelte das Telefon und eine mir seit Jahren bekannte Schauspieler-Agentin, mit der ich geschäftlich noch nie etwas zu tun hatte, war am anderen Ende der Leitung.

Es ist ja immer schwer, sich mit jemanden zu unterhalten, den man wirklich nur flüchtig kennt.

Zum Glück stieg diese charmante, in ihrem Job wohl auch sehr erfahrene Mittdreißigerin direkt dort in unseren Talk ein, wo die Musik spielte: Beim Waschmaschinen-Kalkentferner CALGON.

Calgon suchte europaweit einen Schauspieler, der als *New Repairman "Screwdriver"* in der Fernsehwerbung das Produkt in ganz Europa kompetent bewirbt.

Castings mochte ich zu keiner Zeit, aber die Agentin fabulierte sehr geschickt, dass der Regisseur des Castings in Bad Homburg nahe Frankfurt am Main ein charmanter, sehr erfahrener Engländer sei, was schon mal gut war, da ich mich als junger Schauspieler eine Zeit lang der Sprache und Schauspielerei wegen in *London* und *Peterborough* herumgetrieben hatte.

Da hätten wir beide uns schon mal was zu erzählen …

Als die Agentin dann zum Schluss ihres Vortrags die Katze aus dem Sack ließ, um mir zu verkünden, dass die Firma, die Calgon vertrat, jedem casting-willigen Schauspieler 200 Piepen zahlen würde, war ich einverstanden.

Dort eingetroffen, eilte die Agentin auf mich zu, umarmte mich, wie es ja nur allzu normal sowohl in Frankreich als auch in Künstlerkreisen ist, und sagte charmant: „Also, lieber Jeff, streng dich bitte an und sei konzentriert, hör genau zu, was der erfahrene englische Regisseur dir sagt, und dann hast du auch eine echte Chance."

Ich lächelte und erwiderte: „Okay!" – und dachte dabei, dass ich mir nicht vorstellen konnte, als ein Calgon-Mann in einer Fernsehwerbung ganz Europa in einen Calgon-Hype versetzen zu können.

Dann war es so weit, dass ich in ein großes Studio hereinspazierte, begrüßt von einem mir wirklich auf Anhieb sympathischen Engländer.

Und so lief das gesamte Casting ab: freundlich, kommunikativ bis hin zur Verabschiedung durch den englischen Regisseur, der da sagte: „Vielleicht sehen wir uns ja wieder ..."

Wochen oder gar Monate der Calgon-Stille zogen an mir vorbei – garantiert so lange, bis unsere Telefonleitung Feuer fing und meine provisorische Calgon-Agentin mir zurief: „Jeff, du bist's! Du bist *Calgons New Repairman Screwdriver!*"

Und dann nannte sie die GAGE, die mir folgenden Satz entlockte: *„Ich kanns nicht fassen, dass ich damit meine höchste je verdiente Bezahlung als Schauspieler erhalte!"*

Der Rest ist schnell erzählt: Zwei Drehtage brauchten wir, um den Calgon-Fernsehspot zu drehen. Die Protagonisten waren eine blonde Schwedin aus Paris, die die Hausfrau spielte, und ich als *New Repairman „Screwdriver"*.

Fernsehstationen in ganz Europa und in Israel strahlten den Werbespot aus:

Calgon-Werbung mit Jeff

(*Bild: YouTube*)

PS:

Ein Bekannter aus der Schweiz hat dieser Tage durch Zufall diesen Calgon-TV-Spot – *mit mir 16 Sekunden lang* – aus den Jahren 1990 und 1991 entdeckt (YouTube): auf Französisch und Deutsch.

Mein Fazit:

Geldverdienen – das generelle Drama der Schauspielerei.

„Wenn der normale Schauspieler im Monat ungefähr 1.700 Euro brutto verdient, weiß jeder Mensch auf Erden, dass wir davon weder unsere Krankenversicherung zahlen noch irgendeine Altbauwohnung in einer deutschen oder europäischen Stadt mieten können.

Auch weiß keiner von uns Schauspielern, wie es mit uns weitergeht, wenn wir älter werden.

Dazu sagte einer der faszinierendsten französischen Filmregisseure namens *Jean-Pierre Melville*:

„Es ist schrecklich für einen Schauspieler zu altern, ich weiß das wohl.

Trotzdem habe ich kein Mitleid mit den Schauspielern.

Sie haben das Glück, den schönsten Beruf der Welt auszuüben, aber sie gehören nicht sich, sie gehören den anderen.“

Jeff Parc als Straßenfußballer

… im Ballartisten-Team der „Eintracht-Frankfurt"-Junioren

(Bild: unsplash)

Es passierte an einem Dezembertag des Jahres 19..

Die Temperatur lag weit unter dem Gefrierpunkt, was ganz offensichtlich der Grund dafür war, dass einer aus meiner großen Familie sich veranlasst sah, meinem zur Flucht in den Luftschutzbunker bereitstehenden Kinderwagen eine ganz besondere Freude zu bereiten.

Dieses Familienmitglied hatte nämlich die grandiose Idee, meinen Wagen etwas zu erwärmen, wozu er mit leichter Hand sich eines Bügeleisens bediente und es mittig in den Kinderwagen packte.

Wie wir alle ja wissen und es auch erlebt haben, passieren in Kinderwagen oft auch kuriose Dinge,

die aber alle irgendwie dem Witz und der Lebensfreude von uns Menschen zuzuordnen sind: „Och,
ist ihr Kleiner aber süß!" Oder: „Hat der aber
schöne blaue Augen." Dass sich meine Augen dann
später einmal in Grünbraune verwandelten, ergab
sich dann halt so.

Nun aber subito zu der Sekunde in meinem Kinder-
wagenleben, in der man mich das erste Mal so richtig auf die Probe stellte: Meine Familie wartete bestimmt schon zum einundsiebzigsten Mal auf jene
schrillen Sirenentöne, die uns mitteilten, dass wir
umgehend in den Schutzbunker zu flüchten hatten.

Mein Chauffeur an diesem Tag musste im Grunde
nur den Ablauf der Dinge in der dazugehörenden
Reihenfolge im Auge haben: also Bügeleisen raus
aus'm Kinderwagen und klein Jeff rein in den Kinderwagen und ab geht die Post in den unterirdi-
schen Bunker.

Dumm nur in dieser Sekunde, dass er gerade die in
diesem Fall so wichtige Reihenfolge außer Acht ließ
und mich mit einem tollen Schwung in den Kinderwagen verfrachtete, ohne an sein bestimmt schon
kochendes Bügeleisen zu denken.

Zum Glück überlebte unser kleiner Held diese At-
tacke – und lebt fortan mit einer etwa Fußball großen Brandnarbe auf seinem hinteren Oberschenkel!

Als ob ich nicht schon übermäßig ausgelastet war
mit all den Messdiener-Freuden, der Sprache Latein
in der Messe, unserem Kicken im Messdiener-Um-
kleideraum in meiner römisch-katholischen Gemeinde, dem Lesen von Hermann Hesse und last

but not least den wilden Aktivitäten unserer Pfadfindergang – kam dann auch noch das hinzu:

Eine coole Bewegung, die aus Brasilien zu uns nach Europa überschwappte und sich Straßenfußball nennt ...

Ja, ich erinnere mich noch ganz genau an die Geburtsstunde dieser Jeff'schen Leidenschaft:

Schlag zwölf Uhr mittags klingelte es Sturm bei uns in der Rümelinstraße, was mich direkt ans Fenster rennen ließ, um meinen unten wartenden vier Freunden zu signalisieren, dass ich schon auf dem Weg zu ihnen war.

Nach kurzen, italienisch anmutenden Umarmungen spazierten wir fünf kurzerhand die drei Stufen hoch zu einem relativ kleinen, aber sehr nahe gelegenen viereckigen Platz, der zwar mit vier mächtigen Pappeln samt vier morschen Bänken bestückt war, auf die sich aber keiner der älteren Herrschaften in unserer Umgebung je wagte draufzusetzen: akute Einsturzgefahr!

An diesem Tag aber war es die Eiseskälte, die uns fünf auf eine der Bänke trieb, um dort dicht gedrängt der Kälte Paroli zu bieten.

Anscheinend hatte unser italienischer Freund Andrea nach nur wenigen Minuten die uns trotz Vorsichtsmaßnahmen angreifende Kälte derart satt, dass er Unerwartetes in unsere kleine Welt hineinträllerte – ganz im Stile eines zukünftigen Italo-Redners auf irgendeinem Dorfplatz seiner Heimatgemeinde: „Wisst ihr was? Hier, wo unsere Füße gerade sinnlos herumbaumeln, werden wir in spätestens einer halben Stunde um Tore kämpfen!"

Wir waren an diesem denkwürdigen Tag ja fünf Jungs – und vier davon guckten in diesem Moment ihren Freund Andrea auf eine Art und Weise an, als seien sie alle Gefangene ihrer eigenen Einfalt.

Nun, keiner der Vieren war bisher bekannt dafür, hellseherische Eigenschaften zu besitzen. Und somit ist auch klargestellt, dass keiner der Vieren die gerade angefangene Stunde als die ansah, in der sich sein Leben dramatisch verändern sollte.

Aber auch alle fünf Jungs zusammen würden erst später begreifen können, dass diese gerade vor ihren Augen ablaufenden Momente die waren, welche irgendwann einmal später in ihren Lebensläufen als jene notiert sein würden, die zum ereignisreichsten Zeitabschnitt ihres Lebens zählten.

Die Stunde ihres neuen Lebens als Straßenfußballer wurde hier direkt vor ihrer Haustür und um kurz nach High Noon eingeläutet.

Es war in der Tat kaum eine halbe Stunde vergangen, als Andrea mit einer *Gurke von Ball* aufkreuzte, was uns aber nicht davon abhielt, ihn in unsere Mitte zu nehmen und eine Art von Beschwörungstanz um ihn herum zu inszenieren.

Dieses Spektakel dauerte schon zwei, drei Minuten – dann aber war „Andrea"-Time:

„Amici, wir haben jetzt alles zusammen, was wir für unsere ab jetzt jeden Tag zu spielenden Straßenfußballer-Turniere brauchen: Für heute muss diese Gurke als unser Ball herhalten. Dann sind diese vier Bänke hier unsere Tore, wo gerade noch eure Beine sinnbefreit runterhingen, beziehungsweise rumbaumelten.

Da wir heute fünf Freunde sind, spielt einer den Schiri!

Der Schiri gibt den Ball frei und los gehts!

Hat den Ball dann einer von uns vor seinen Füßen, kann er anfangen, mit ihm zu zaubern, die anderen zu umdribbeln oder auch ganz schlicht den Ball in eines der drei anderen Tore reinzuknallen.

Wer's riskieren will, kann auch die Gurke künstlerisch lässig mit der Schuhinnenseite und etwas Effet ins Toreck zirkeln.

Sollte aber einer von uns wirklich brasilianisch ausgeschlafen sein, adelt er sich mal ganz schnell selbst, in dem er das Bällchen ganz cool mit der Fußspitze in eines der drei Tore kickt.

Wer zuerst zehn Tore auf seinem Konto hat, ist Sieger unseres heutigen Premierenturniers!"

Jeden Abend verließ nun einer von uns die jeweilige Tagesarena als umjubelter Sieger und auch wir Loser durften nun unsere Nächte damit verbringen, uns im Traum als Sieger des kommenden Tages feiern zu lassen.

Diese noch nie dagewesene Situation bot uns die Möglichkeit, etwas zu leben, was man überprüfbar als Leidenschaft ansehen darf: Es war sozusagen die Sternstunde unseres Straßenfußballs in Zeiten, in denen es uns Menschen sehr, sehr schlecht ging.

Wir Jungs waren schon sehr glücklich, wenn wir irgendwoher einen Ball als Spielzeug geschenkt bekamen. War das nicht der Fall, zogen wir los und suchten in allen Ecken unseres Viertels, wobei wir manchmal richtig fette Beute machten.

Hatten wir dann den bespielbaren Ball, mussten wir uns auseinandersetzen mit den manchmal eigenartigen Krümmungen unserer Spielflächen!

Jeder von uns war ab sofort sowohl ein Kicker als auch dessen Trainer – und wer dann am schnellsten begriff, wie ein Ball brasilianisch zu behandeln ist und folgend auch noch trickreich ins Tor gezirkelt wird, kann sicher sein, als kleiner Held gefeiert zu werden.

Die Kunst des Dribbelns auch auf engsten Räumen musste in Fleisch und Blut übergehen, erst dann waren wir halbwegs zufrieden.

Wobei sich immer mehr herausstellte, dass jede der vielen Dribbel-Varianten und auch jede kunstvoll um meine Gegner herum gedrehte Pirouette im Mittelfeld mir wichtiger waren als vieles andere um mich herum.

Das Highlight in dieser für den Kicker Jeff märchenhaft-unbekümmerten Zeit war allerdings, dass der Ball mir jederzeit zu Füßen lag – oder auch andersherum.

Wann immer ich wollte, ohne irgendwo zu bitten oder zu betteln: Er, seine Majestät, der Ball, war ständig in meiner Nähe und somit mein treuester Freund in meinen sehr jungen, asketischen Jahren!

Dabei spielte es keine Rolle für mich, wo ich als inzwischen echter Straßenfußballer kickte: Ob auf irgendeinem hügeligen Acker oder zwischen strammen Bäumen samt den dazugehörenden morschen Bänken nahe meiner Wohnung.

Unsere Kickplätze waren inzwischen hier und dort, nur nie auf einem richtigen Fußballfeld.

Dadurch entwickelte ich Dribbel-Varianten, die man händeringend gerade heute sucht.

Als wir dann auch auswichen auf größere, oftmals ziemlich wellige Orte, entfaltete sich bei mir noch eine andere, smarte Fähigkeit: das Schlagen des genauen Passes über locker mal 30, ja 40 Meter hinweg.

Und das nicht nur zu einem völlig frei stehenden Mitspieler, wie ich das heutzutage zu oft in allen europäischen Profiligen sehe, nein, sondern zu einem, der mitten im Gewühl herumirrte und dem trotzdem mein Ball, ja, wie von Geisterhand dirigiert, direkt vor die Füße fiel und er nur noch Fahrt aufnehmen musste, um in die Nähe des gegnerischen Tores zu kommen.

In all diesen tornahen Situationen war aber immer noch ein sehr gefährlicher Gegner mit von der Partie: Und das waren die überall herumliegenden Steine in allen Größen, die meinen Mitspielern auf dem Weg zum Torschuss oft noch die Beute wegschnappten.

Wieso?

Nun, weil meine Freunde in der vordersten Region oftmals wie vom Blitz getroffen über dieses Geröll hinweg segelten, während unsere Gegner, von Lachkrämpfen regelrecht durchgeschüttelt, solche Situationen besonders gefeiert haben.

Slapstick-Nummern dieser Güteklasse waren natürlich auch das Salz in der Suppe, denn ohne diese Art von Gaudi wären es am Ende auch nicht die Spiele geworden, die wir Straßenkicker so liebten.

Nun: Mit dem Ball zu tanzen ist eine Sache – die Gefahr, die dabei überall lauert, eine ganz andere: Passt alle gut auf und trainiert rechtzeitig und somit vorsorglich den angemessenen Hochsprung-Stil, um gegen bedrohlich heranfliegende Beine gewappnet zu sein.

Zuletzt hatte der junge Star von Paris Saint Germain, Kylian Mbappé, im französischen Pokalfinale 2020 im Parc des Princes in Paris keine Möglichkeit mehr, einer dieser unkontrollierten Attacken zu entkommen: Die Folge war ein wochenlanger Ausfall.

Wenn ich mir all das rückblickend durch den Kopf gehen lasse, geschahen da wahre Wunder an meinem Körper: Denn bei all den Tritten, die ich einstecken musste, hätte ich ungezählte Male im Hospital landen können.

Mein Terminkalender, den es natürlich gar nicht gab, war voll: Kaum kam ich von der Schule zurück, versteckte ich meinen Schulrucksack irgendwo bei meinen Großeltern im Parterre, wir wohnten oben im dritten Stock, und schon war ich entschwunden in die weite Welt meiner Leidenschaften, in der es ab und an auch schon mal ganz schön nervig werden konnte.

Immer öfters passierte nämlich Folgendes: Wir spielten mal wieder ganz in der Nähe unsers Hauses, als mir meine Mutter vom 3. Stock aus zurief, dass ich hochkommen solle, um mein belegtes Brot zu essen, worauf ich ihr erwiderte: „Wirf' es mir doch einfach runter!"

Unmöglich, einfach nicht schön von mir: „Entschuldigung, Mama!"

Aber so waren wir halt manchmal, die echten Straßenkicker!

Dieses Jeff'sche Konzept der freien Ausübung seiner Alltagsfreuden wurde dann an einem besonders schönen Sommertag erweitert durch die Mitgliedschaft bei einem der populären Fußballvereine der Welt, der *Eintracht* aus *Frankfurt am Main.*

Ich war plötzlich Mitglied des Clubs, der damals – wie auch wieder heute nach dem Gewinn des Europa League-Finales gegen die Glasgow Rangers in Sevilla im Mai 2022 - die Herzen aller Fußballliebhaber weltweit höherschlagen ließ.

Es war die Zeit, in der „Eintracht Frankfurt" das Finale des Europapokals der Landesmeister spielte: Das heutige *„Champions League-Finale!"*

Obwohl die Eintracht das Spiel 7:3 verlor, schrieb die internationale Presse:

„It is widely regarded as one of the greatest football matches ever played" – *„es gilt als eines der größten Fußballspiele, das je gespielt wurde."*

Real Madrid vs. *Eintracht Frankfurt (Fotoarchiv)*

Das Finale des Europapokals der Landesmeister

Hampden Park in Glasgow, Schottland,

Zuschauer: 135.000

Rekordkulisse bis zum heutigen Tag!

Fußball wie von einem anderen Stern!

REAL TOTAL schrieb im Mai 2018:

„Das Endspiel in Glasgows Hampden Park wird heute noch als „bestes Finale aller Zeiten" bezeichnet, denn es bot nicht nur eine Aufholjagd, sondern auch eine unvergessliche Gala von *Ferenc Puskás* und *Alfredo Di Stéfano*, die alle sieben (!) Tore der Königlichen erzielten."

Ein Spiel der Rekorde, ein Spiel für die Ewigkeit.

SPIEGEL Geschichte schrieb:

„Die größte Kulisse, die meisten Tore, der schönste Fußball: *Als erste deutsche Mannschaft* stand „Eintracht Frankfurt" im Finale des „Europapokals der Landesmeister": Die Zuschauer erlebten eine verzaubernde Partie. Bis heute gilt sie als das beste Spiel aller Zeiten."

Die Königlichen aus Madrid liefen mit diesen internationalen Ballzauberern aufs Feld:

Domínguez, Marquitos, Pachín, José Santamaría, Gento, Vidal, Zárraga, Del Sol, Cánario, Alfredo Di Stéfano, Ferenc Puskás
Trainer: Miguel Muñoz

Die Eintracht aus Frankfurt präsentierte sich in folgender Aufstellung:

Loy-Eigenbrodt-Höfer-Lutz-Weilbächer
Stinka-Kreß-Lindner-Meier-Pfaff-Stein
Trainer Paul Oßwald

Noch mal Der Spiegel:

„Die Finalgegner trennten Welten. Auf der einen Seite der Deutsche Meister *Eintracht Frankfurt* bei seiner Europacup-Premiere. Die Fußballer der *Eintracht* stammten fast alle aus *dem Großraum* Frankfurt am Main, lediglich der aus Franken stammende Torwart Egon Loy und der in Fulda aufgewachsene Richard Kress bildeten Ausnahmen. Die Spieler gingen einem alltäglichen Beruf nach, kamen erst abends zum Training zusammen. An Spieltagen mussten sie morgens oft noch arbeiten, für Auswärtsspiele nicht selten unbezahlten Urlaub nehmen.

Auf der anderen Seite die Weltauswahl von Real Präsident Santiago Bernabéu, die *Unschlagbaren* aus Madrid, die seit der Einführung des Europapokals den Wettbewerb fünfmal in Folge gewonnen hatten.

Die Fußballwelt liebte diese *Eintracht aus Frankfurt am Main* und so arrangierte man Spiele gegen die wohlklingendsten Clubs der Welt: um nur einen davon zu nennen – „*Flamengo Rio de Janeiro"*, die hier im alten Waldstadion zu Gast waren und der junge Jeff war live dabei!

Nachdem ich mich den Jugendabteilungen dieses weltweit bekannten Vereins aus Frankfurt am Main angeschlossen hatte, fing dort für mich erst mal alles in einem der unterklassigen Jugendteams an. Ich weiß heute gar nicht mehr, wie lange ich dort kickte. Ist ja auch egal. Denn irgendwann schickten sie mich probeweise aufs Feld mit den Ballartisten des B1-Juniorenteams.

Und um auch weiterhin bei der Wahrheit zu bleiben: Ich nutzte meine Chance, – allerdings registrierten unsere Trainer schnell, dass ich neben all meinen wunderbaren Moves, wie zum Beispiel den Pirouetten am und um den Mittelkreis herum, meine Mitspieler nicht vergessen sollte: denn Fußball sei ein Teamsport!

Oh je! – dachte ich; das kann ja nicht lange gut gehen, denn ich kickte bisher mein Leben lang in diesem Straßenfußballerstil: ungeduldig, wild, individualistisch und leidenschaftlich. Man könnte auch sagen: ohne jegliche Ordnung.

Hier, im B1- und danach im A1-Juniorenteam des Clubs, erkannte ich dann aber sehr schnell, dass die Kicker-Konkurrenz bemerkenswert gut die Bälle behandelte und obendrein auch ständig neue, talentierte Jungs aus dem Einzugsgebiet unserer großen Stadt zur Eintracht drängten.

Ich erinnere mich da an einen sehr talentierten jungen Mann, der von einem Frankfurter Gymnasium kam, um später Direktor einer Schule zu werden. Der sagte mal bei einem späteren Treffen unserer Ballartisten, dass er dort, also in unsrer Truppe, etwas zum ersten Mal sah, was es zu dieser Zeit nirgendwo anders zu bestaunen gäbe: Einen Kicker, den Jeff Parc - damals von seinem besten Kumpel im Team nur *„Bebbe"* genannt - der verknitterte Leinenhosen und an den Füßen italienische Slipper ohne Socken trug.

Okay: Trotz all dieser Konkurrenz ließ ich mich nicht davon abhalten, meinen extravaganten Stil in

einer etwas abgemilderten Art und Weise beizube-
halten.

Allerdings wurden meine Kritiker deshalb nicht
weniger, eher mehr, denn Stimmen wurden lauter,
die da meinten, dass dieser Jeff mit seinen tänze-
risch anmutenden brasilianischen Allüren nicht
körperlich genug spiele – und auch mit Kopfbällen
habe er nichts am Hut!

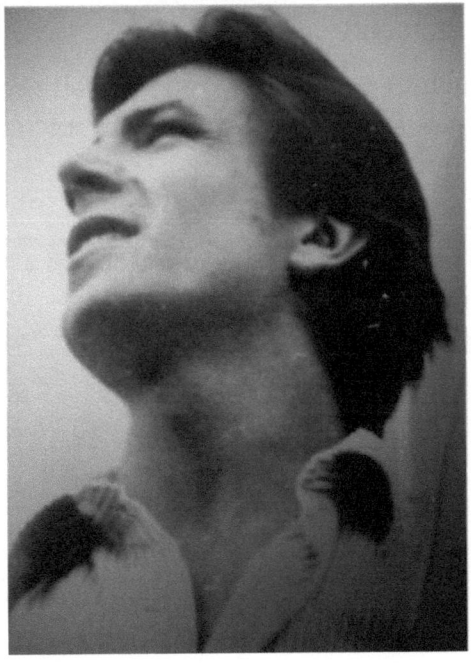

Foto aus meiner Zeit im A1-Ballartistenteam
(Fotoarchiv)

Erinnere ich mich recht, so dachte ich hier auf diesem Bild gerade an die ewig unvergessenen Ball-
zauberer von Real Madrid: *Alfredo Di Stéfano* und
Ferenc Puskás.

183

Und so kam es, wie es kommen musste:

Ich nahm hier und da Platz auf den Bänken, die weltweit als Ersatzbänke Berühmtheit erlangten.

Diese „*Time Outs*" vereinten meinen in mir wohnenden Straßenfußball mit der Filmkunst meiner frühen Jahre. Denn gemeinsam mit meiner Schülerfilmklasse stellte ich zu jener Zeit einen Krimi mit dem Titel „Das Brünette Gift" auf die Beine, der zügig große Teile unserer filmaffinen Schüler-Nation in Staunen versetzte.

In der Nachbarschaft von Kunst und Fußball ereignete sich wenig später etwas atemberaubend Schönes:

(Fotoarchiv)

Denn völlig unerwartet flatterten unserem Ballartisten-Team Einladungen zu wirklich prominenten Fußballturnieren ins Haus, wie zum Beispiel aus „Düsseldorf, Parma, Roubaix und Cannes an der legendären Côte d'Azur."

184

Fangen wir mit Düsseldorf an, wo es unter anderem galt, den Jungs vom FC Barcelona zu zeigen, wie wir „Ballartisten" der Eintracht aus Frankfurt am Main das Bällchen behandeln.

Ein Geschenk des Himmels, dass ich auch hier kicken durfte!

Wir konnten nicht jedes Spiel gewinnen, aber das, was wir in Düsseldorf auf den Rasen zauberten, begeisterte allemal.

Danach schlug die Stunde des ruhmreichen italienischen Clubs *Parma A.S.*

Der Verein aus der Uni-Stadt Parma - sie wissen, dass von da sowohl der Parmesan als auch der Parmaschinken herkommen - veranstaltete alljährlich ein internationales Junioren-Turnier.

In diesem Jahr waren folgende Teams eingeladen: Inter Mailand, A.C. Mailand, Eintracht Frankfurt, FK Vojvodina, Dinamo Zagreb:

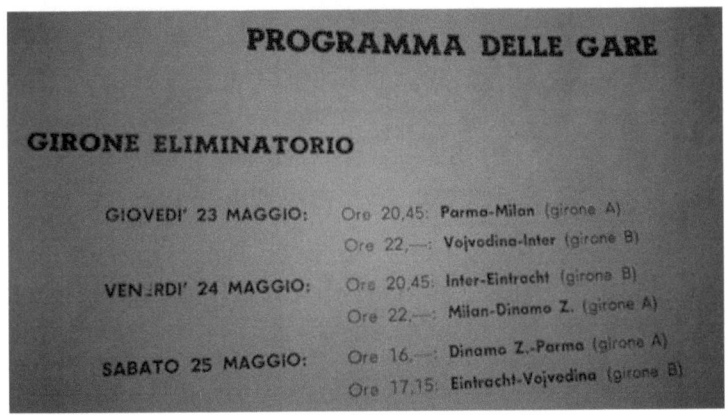

(Fotoarchiv)

All unsere brillanten Auftritte nutzten uns in Parma wenig, da wir vor dem Tor unserer Gegner ganz einfach mehr als genug aussichtsreiche Torchancen verballerten!

Unter diesen indisponierten Schützen war ich in Parma einer der eifrigsten, zu oft ließ ich mich mit meinen sehenswerten Dribblings zu weit abdrängen, anstatt meine Mitspieler mit präzisen Pässen zu bedienen!

Eine solche Selbsterkenntnis lässt nur einen Schluss zu: alsbald wieder ins heimische Training einzusteigen, um bei all meiner ja vorhandenen Spielkunst das zu verbessern, was da einfach noch bei meinem Spiel fehlte.

Gerne erinnere ich mich auch an das sehr liebevoll ausgerichtete Turnier in Roubaix, einer nordfranzösischen Stadt nahe der belgischen Grenze.

Dazu kamen kleinere und mittelgroße Turniere in ganz Europa.

Was mir bei allen Turnieren auffiel, war, mit welch einer Freude die Menschen darüber sprachen, was für eine grandiose Partie unsere erste Mannschaft gegen die Königlichen aus Madrid in Glasgow vor der Rekordkulisse von 135.000 Zuschauern spielte!

So was erfüllt einen natürlich mit Stolz, ja, da musst du aufpassen, dass dir dein bebendes Herz nicht aus dem Trikot springt ...

Den absoluten Höhepunkt all dieser nationalen und internationalen Jugend-Turniere erlebten wir in Frankreich an der Côte d'Azur – und dort sinnigerweise in der Stadt des weltweit bekanntesten Filmfestivals: in *Cannes*.

Wie es sich für die Jungs aus dem Club des Finalisten im 6. Europapokalendspiel gehörte, gruppierten wir uns nach der Ankunft in Cannes nahe dem Bahnhof, um im Foto schon mal zu signalisieren: Wir sind nicht nach Cannes gekommen, um einen Film zu drehen, nein, wir beabsichtigten ein spielerisches Feuerwerk auf den Feldern des Fußballclubs von Cannes zu entfachen.

Unsere Ankunft in Cannes:

Gruppenbild der Ballartisten samt der „Eintracht Frankfurt" – Offiziellen. Untere Reihe: der 3. von links, der auf seiner leichten Reisetasche Platz nahm: Jeff als junger Kicker. *(Fotoarchiv)*

Die *Association Sportive de Cannes* präsentiert ihr
XI. Internationales Turnier:

(Fotoarchiv)

(Fotoarchiv)

Eingeladen zu diesem traumhaften Turnier an der Côte d'Azur waren:

(Fotoarchiv)

Da waren schon Kaliber dabei, gegen die man nicht jeden Tag gewinnt.

Aber zuerst mussten wir ja auch irgendwo wohnen – und sinnigerweise erfuhren wir eine Stunde nach unserer Ankunft in Cannes, dass wir mit dem wohl schwersten Brocken aller Teams, Juventus Turin, gemeinsam in einem weitflächig angelegten Internatsgelände mit zig Tennisplätzen oberhalb von Cannes in Le Cannet residierten.

Im Zentrum dieser charmanten, hügeligen und circa 45.000 Einwohner Stadt Le Cannet liegt der geschäftige Boulevard Carnot, der von eleganten Villen im Belle Époque und Art-Déco-Stil gesäumt ist.

Lang ist's her, aber an einige *magic Moments* erinnere ich mich noch, als wäre es gestern gewesen.

Einen dieser Momente könnte man ohne zu übertreiben „*typisch italienisch*" nennen: unseren gemeinsamen Einzug ins Internat.

Dabei ließen wir unseren italienischen Freunden den Vortritt und schlenderten einfach mal hinterher.

Das funktionierte aber nicht allzu lang in einer halbwegs geordneten Art und Weise, denn in den italienischen Reihen baute sich eine mehr oder weniger tumultuöse Situation auf, die unmittelbar danach regelrecht explodierte.

Was wir von unserem Standort aus sahen, war, dass wirklich alle Turiner plötzlich zum rechten Geländer des breit angelegten Weges in Richtung Internat strömten, da man genau von dort einen direkten Blick auf den Platz der Tennisanlage hatte, auf dem gerade das Endspiel der jungen Damen im alljährlich stattfindenden Osterturnier des Internats in vollem Gange war: bejubelt von vielleicht 500 jungen Zuschauern samt deren Eltern.

Dieser Jubel war allerdings ein milder im Vergleich zu dem Höllenspektakel, den diese jungen Turiner samt einiger ergrauter Betreuer aus ihren Kehlen zauberten.

Der Referee unterbrach daraufhin das Tennisspiel, alle erhoben sich von ihren Sitzen, die zwei attraktiven Finalistinnen schlenderten in Richtung Mitte des Platzes und dann passierte etwas, was ich in etwa so beschreibe: Auf ein nicht sichtbares Kommando von irgendwoher fing ein allgemeines Applaudieren an, von dem ich den Eindruck hatte, dass jeder jeden beklatschte.

Welch ein Spettacolo Italiano …

Sollte auch nur einer der Zuschauer vom Tennisplatz noch nicht gewusst haben, dass der Applaus den zwei sehr prominenten europäischen Fußball-Juniorenteams galt, die am Osterturnier des Fußballclubs von Cannes teilnahmen, so klärte der bestens informierte Stuhl-Schiedsrichter das Publikum dergestalt auf, dass er die prominenten Namen beider Teams verkündete.

Es ist halt weltweit immer wieder dasselbe: Sowohl der faszinierende Tennissport als auch die wohlklingenden Namen der Topteams im internationalen Fußball begeistern die Massen weltweit.

Der Gamechanger hier war mal wieder die einzigartige italienische Mentalität, die viel offener denkt und fühlt als manch andere Nation dazu fähig ist.

Leider hatten wir auf dem Platz keine Chance gegen *Juve*: Die waren ganz einfach abgezockter und legten uns letztendlich drei Eier ins Netz.

Dass allerdings nicht nur die Turiner Jungs den schönen Künsten des Lebens nahestanden, offenbarte ein überraschend charmanter Moment in diesen sieben Tagen an der legendären Côte d'Azur:

Denn einer der jungen Ballartisten der Eintracht aus Frankfurt am Main, *Jeff Parc* mit Namen, lernte zufällig *Louise* kennen, eine der beiden umjubelten

Finalistinnen des österlichen Tennisturniers auf dem Internatsgelände in Le Cannet.

Und dieser junge Ballartist war nun mal gar nicht auf den Kopf gefallen, ganz im Gegenteil: Denn er hatte den Völker verbindenden Einfall, die bezaubernde *Louise* einzuladen, im temperamentvollen Kreis all der internationalen Kicker, den Turnier-Abschlussball im *Casino Municipal de Cannes* mitzufeiern:

Jeff und Louise

(Bild: freepik.com)

Info: Das *Casino Municipal de Cannes* war ein imposanter Unterhaltungskomplex in Cannes, am Albert-Édouard Pier:

Das frühere Casino Municipale der Stadt Cannes
(Stadtarchiv der Stadt Cannes)

Das am 28. Januar 1907 eingeweihte Casino wurde 1979 zerstört, um durch das *Palais des Festivals et des Congrès*, dem heutigen Austragungsort des berühmtesten Filmfestivals auf diesem Planeten, ersetzt zu werden.

Welch eine Woche für die *Ballartisten* der *Eintracht* aus *Frankfurt am Main* an der azurblauen Küste in Cannes!

DANKE an die Stadt Cannes und ihren Fußballklub, der „Association Sportive De Cannes", (France), für

193

diese einzigartige Woche in ihrer Stadt, die prall ge-
füllt war mit sowohl kulturellen als auch Sightsee-
ing Events und die mit Sicherheit bis an unser Lebensende in unseren Herzen tief verankert sein
wird …

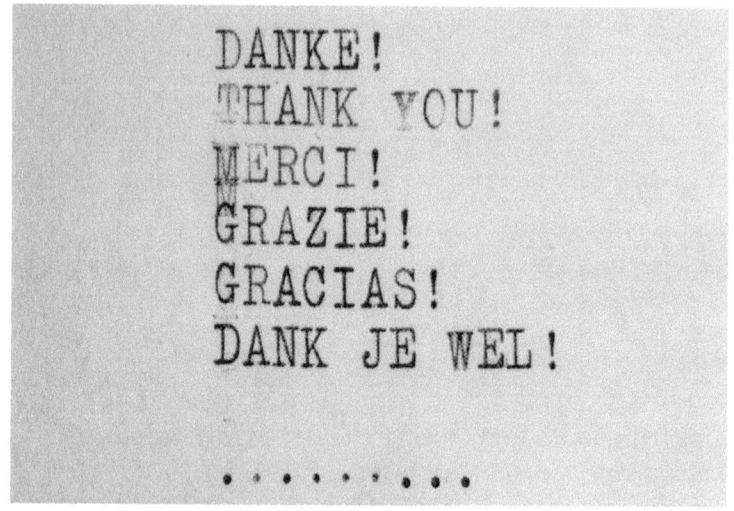

(Bild: unsplash.com)

Anhang:

Futebol do Brasil in Amsterdam

Während dieser guten alten Zeit betreute ich zwei Jahre lang ein brasilianisches *Künstler*-Team in Amsterdam, das auf den folgenden Spezialgebieten unterwegs war: Schauspieler, Sänger, Tänzer, Make-up Artists.

Natürlich wäre keine Diskussion über die brasilianische Kultur vollständig, ohne den nationalen Zeitvertreib Fußball zu erwähnen. Wo auch immer Sie im Lande hinkommen, werden Sie wahrscheinlich ein Spiel finden, ob organisiert oder improvisiert.

Mit diesem Wissen in unseren Köpfen versammelten wir uns alle 3 Monate in Amsterdam, um gegen und mit anderen Künstlerteams zusammen der „Goldenen Ananas" nachzujagen.

Jeff Parc (links) mit einem seiner brasilianischen Spieler
(Fotoarchiv)

Epilog

Die gute alte Zeit:
Das waren noch Zeiten!

„Die Nostalgie ist eine existenzielle Quelle"

... sagt der niederländische Sozialpsychologe Tim Wildschut, der an der englischen Universität Southampton lehrt.

Bildnachweise · Quellenverzeichnis

Danksagungen

Dank an die Point Film- und Fernsehproduktion GmbH in München für die freundliche Genehmigung zur Veröffentlichung der Bilder aus den Filmen *„Wachtmeister Rahn"* und *„Der zweite Frühling"*.

Dank an Heinz Koser für die kritische Durchsicht des Manuskriptes und die zahlreichen Anregungen in vielen Gesprächen.

Der Autor Jeff Parc

und

seine Leidenschaften

Meine sehr frühen römisch-katholischen Messdienerjahre in der lateinischen Sprache;

unsere wilde *Boy-Scouts* Zeit;

Hermann Hesse und Henri Alain-Fournier lesen;

der unberechenbare Straßenfußball – und folgend unser *Ballartisten-Team* der „Eintracht Frankfurt" – Junioren;

Gedichte schreiben, das Theater und der Film;

Filmgeschichten erfinden;

Drehbücher schreiben;

Kinderfilme auf Festivals bringen;

TV-Spieleshow-Konzepte entwickeln;

im Garten aktiv sein;

täglich laufen

und

zu guter Letzt: *Bücher schreiben.*